明圃园

文艺评论篇
文艺创作篇

涂明甫◎著

北京日报出版社

图书在版编目（CIP）数据

明圃园 / 涂明甫著. —北京：北京日报出版社，2018.12
ISBN 978-7-5477-3065-2

Ⅰ.①明…　Ⅱ.①涂…　Ⅲ.①文艺评论-中国-文集
②文艺创作-文集 Ⅳ.①I206-53②I04-53

中国版本图书馆 CIP 数据核字（2018）第 173664 号

明圃园

出版发行：北京日报出版社

地　　址：北京市东城区东单三条 8-16 号东方广场东配楼四层

邮　　编：100005

电　　话：发行部：(010) 65255876

　　　　　　总编室：(010) 65252135

印　　刷：成都勤德印务有限公司

经　　销：各地新华书店

版　　次：2018 年 12 月第 1 版

　　　　　　2021 年 4 月第 2 次印刷

开　　本：880 毫米×1230 毫米　　1/32

印　　张：6.25

字　　数：145 千字

定　　价：42.00 元

多才多艺的涂先生

（代序）

李先志

涂先生，明甫也，性情中人。擅谋事，成事仿佛其必然；识时务，俊杰之名影相随。为人不卑不亢，绝无奴颜媚骨；处世方圆有度，天生干练洒脱。常言：人在做，天在看。此言自信，如美酒，令人醉；此言掷地，声蕴警，劝人醒。有道是，酒不醉人人自醉，欲醉者其实皆醒。名与利，真知否？不外乎过眼烟云。

我以为，人有才华，不论是出众也好，还是横溢也罢，想藏，大约是藏不住的。在我的印象中，同仁涂先生，就是一位多才多艺的腕儿，概言之，腹有诗书气自华。

记得最初相识，是在湖北工程学院的一次关于孝文化的国际学术研讨会上。分组讨论中，中等身材、风度儒雅的他，沉静而分寸把握得体地声明，代表本地一位在孝文化领域取得卓越成功的知名人士说几句。随后话闸顿开，一不留神，潇潇洒洒侃侃而谈。既有理论，又有实践，还有未来发展的设想。有

广而告之的广告初衷，却无广告吹牛说大话的呓语，即刻，赢得了与会人士的热烈掌声。

这之后，我由敬佩其才能，到蓄意拉他参加我任副主席兼秘书长的孝感市文艺评论家协会，可谓煞费了苦心。因为，当时的协会，无任何正常的经费来源渠道。想要做一点儿协会本职工作的事情，多是与兄弟单位联合，借他人舞台，合伙唱戏。否则，徒有虚名更令人感到难堪，真的是巧妇难为无米之炊呀。果然，涂先生当了会员理事后，理事有法，不负协会理事会和主席团之众望。出谋献策，独当一面地为一家中华老字号企业牵线搭桥，促成了协会顺利完成了卓有影响的《美文美味孝感麻糖》一书的正式出版发行。为促进当地的经济发展，协会也算是尽了一点儿应尽的绵薄之力。他雷厉风行的能力得到同仁的公认，他踏实认真的人品受到同仁的肯定。为了协会的兴旺发展，我提议让他身担重任，出任协会秘书长，得到了协会主席团的一致通过，按照程序报市文联后获批。

新官上任三把火。他任协会秘书长后，不辞辛劳，积极主动，先是在市文联的领导下，满腔热忱地认真组织了湖北职院学生胡英军的作品研讨会。其影响力和成果，足可以载入该院的院史之列和孝感文学发展史之中。因为，毕竟是首次，毕竟是培养文学新人不遗余力，为营造文学新秀良好环境在摇旗呐喊。这也是近水楼台先得月。因为其时，他本人正应聘在该校做教学及辅导工作。讲应用写作，讲文学鉴赏，讲修辞语法，

讲逻辑推理。真乃善哉。随后，他又在云梦县梦泽高中筹备工作，成功举办了小荷才露尖尖角的文学青年周芳的作品研讨。专家学者畅所欲言，各抒己见，激励多于批评，激情迸发，期待可以预见。终于，随着时间推移，悟性甚高、创作勤奋的周芳频摘全国大奖，并走出湖北，成为中国作协会员。孝感文坛，一枝鲜花盛艳。看齐效应，孝感女作家队伍，魅力四射，清泉四溅。还有李利红的《无敌孝子剑》，万雁、张正义的作品研讨，等等。孝感文坛人才辈出，应该说，凝聚着涂先生和协会同仁的拳拳奉献。

难能可贵的是，涂先生文学造诣颇深，尤以文艺评论见长。每位作者的作品，小说、散文、诗歌、电影剧本等总是整篇通读，这是一个文艺评论者十分难得的地方。所以他的评论总是娓娓道来，引经据典，既道出了作者的用心，又提升了作品的品位，让人记忆犹新，深得作者的喜欢和尊重。

涂先生的小说、散文、曲艺小品、栏目剧也是独具一格，曾经在省、市刊物上获得大奖。他是孝感文艺圈里一个十分活跃的好人。

圈内人大都记忆犹新，市文联举办的迎春茶话会，涂先生代表本协会参演。一首音正腔圆的男高音《青藏高原》，赢得了热情洋溢的喝彩声。看不出来他如此多才多艺，不唱则已，一唱惊人。可贵的是，他始终自觉远离狂傲。文朋诗友偶有相聚，点菜斟酒服务，皆乐于承担，免他人劳神。高低不计较，

只博大家开心。此外，一些知名企业，还慕名请他，为新员工搞培训，讲安全生产，讲企业发展理念，讲管理人文，讲成才创新等。员工素质得到升华，企业发展如日中天。又是一轮协会换届，协会副主席之职，他高票当选。可喜可贺，难得缘分。

善哉，涂先生。

（作者系湖北省文艺评论家协会理事，孝感市文艺评论家协会副主席）

目 录

文艺评论篇

明园

文艺创作篇

目
录

003

文艺评论篇

笔耕墨耘　品味人生

——浅论周芳散文集《爱过，慈悲心》主题思想与表现手法

以《爱过，慈悲心》为标题的周芳作品集我拿到手已经有一段时间了，带着观摩和欣赏的心情，细看了几遍，每次读来都给我以心灵震撼，或是人物、或是事件、或是遣词造句、或是谈古论今，三十六篇作品中无不渗透着作者对人生的体会和品味，处处体现着作者对人世间的真情实感。"因爱、爱人、爱物、爱生灵，就多些慈悲，佛说慈悲为怀，是为了普度众生。我说慈悲为怀，是为在爱里度过短暂一生。"

作者的这份爱是人生品位的总结，作者的这份情是爱的十分深沉的自然流露。既感染着我，也教育着我们，只要你因爱而生、而作、而为，就会无怨、无恨、无悔、无悲……细细读来，静静思索，作者的作品里散发出的是人间"爱"的芬芳浓情，告诉世人的是品味人生的最基本的哲理思辨。

一、仁爱为主、主题鲜明

正如人们常说"爱情是文学创作者永远的主题"一样，作者以自己独特而敏锐的眼光，善良而细腻的心态，从爱字入手，在

情上着墨，叙述了因爱而产生的情愫；摒弃了世间的烦恼，净化了我们的心灵，享受着"爱"的雨露，沐浴着"情"的阳光。仅从作者的三十六篇作品的标题看；带"爱"的标题就有六处；从作者三十六篇作品的内容看：第一章中的《母亲和我》《我与女儿》《父亲种春风》《爱到深处是卑微》《今夜，你归向何方》，第二章节的《五月天堂》，第三章节的《执子之手》，第四章节的《黄昏菩提》，第五章节的《无关风月》。每篇、每章都深深藏着一个"仁爱"之情。从作者三十六篇作品中叙述的人物看：有本色的"母爱""父爱"；有对"衣不遮体、蓬头垢面"的弱势群体的慈悲之爱，有对生灵的怜悯之爱，爱中有"孝"，爱中有"敬"，爱中有"情"，爱中有"美"，爱中有"德"。笔到之处无不流淌着作者的滴滴浓情。

最为突出的是 2008 年 5 月 12 日四川省汶川大地震时，作者把自己的本原之爱上升到了同胞之爱、祖国之爱的高度，仅从 5 月 12 日晚开始至 17 日五天的时间，写出了七篇文章，就像一名专业的战地记者一样，描述着抗震前线的友情、亲情、兄弟情、骨肉情、舍生忘死情；从平凡的小学生到最可爱的中国人民解放军，从普通老百姓到人民总理；个个形象生动，个个感人之深。正如作者所说：这就是我爱的土地，这就是我爱的人民，灾难将局部撕裂，而不屈的中华魂已在废墟上崛起，人间的大爱与坚贞，已让心上的钻石光芒重放。

为什么我的眼里满含热泪，因为痛有多重，爱就有多重！我以为，这是作者对祖国之爱，对人民的爱的最好诠释；我以为，这不是作者在用笔进行爱的叙述，进行对人生的品味，而是用作者一颗炽热的心将人生的品味和大爱写成。

二、栩栩如生、人物突出

作者在三十六篇作品中，叙述了众多的人物和事件，以事件展示人物的性格，把人物放在事件中去刻画，虽然都着墨不多，却给人留下深刻的印象，在众多的母亲中，给读者最深的是这样一位母亲，她辗转一趟车又辗转一趟车，带着瓶瓶罐罐，全是亲手制做的菜肴。她瞒着主人公去领导家，将主人公托付给校长，托付给学区主任。低头、弯腰、笑脸，尽一个农家妇女的所能，谦虚卑微地四处"拜码头"。

寥寥数语，一个为了子女生活、工作安宁，甘愿牺牲自己的一切，甚至是自己的尊严和脸面都愿意付出的一个农家母亲形象就呈现在我们面前。我们每个人都有自己的母亲，那种期盼子女幸福的心情应该是相通的。这个农家妇女的形象正是中国大多数农村妇女形象的典型代表，我想，城市母亲对自己儿女的那般亲情何曾又不是如此呢！

作品中还有一位能干而又好事的父亲：

教了一辈子书，无官无职却受本村、本族人的无限爱戴和尊重。婚丧嫁娶都能为别人张罗，根据各家之需写好的春联让别人欣然索取；不足一百斤，身高一米七二的个子，三天不感冒，两天就要头疼，动脉硬化，颈椎病，风一吹就要倒，六十多岁却像七十多岁的憔悴不堪。为处理老家三娃家媳妇打婆婆一事，骑自行车十几里，连夜匆匆赶过去，结果摔伤了腿。这样乐于助人，甘心受苦受累的周先生图的是什么呢？他脸色苍白，微闭着眼说：我是在种春风啊，能为别人做一点事就尽量做一点，等到哪一天我不在了，你们姐弟遇到什么为难之事，别人念及我，多少会帮帮你们。

这位父亲，他失去了挺直的脊梁，失去了强健的双臂，唯一

不肯失去的就是对子女的爱，他用心智、用热忱所做的点点滴滴，化为春风，就是为了子女在生活中多一些温暖，多一点真情，少一点坎坷啊！

多么好的一个老先生啊！我也身为一名父亲，也乐于和人交朋友，更加喜欢和年轻人交朋友，也想能给年轻人在生活和工作中多点帮助，其用心，也是希望我孩子的身边有一个像我一样的父辈去关爱他。世上父亲对子女的心也应该是相通的。与人为善与己善，父亲总是把对子女的疼爱默默地寄托在自己的好事和善事上。

这位周先生，是普天下父亲的代表，是我们做父亲的人学习的榜样，周先生的平凡事和这样的"良苦用心"值得当今做子女的去理解，去尊重，去品味……

类似这样的人物，在作者的每篇文章中都可以得到鲜明的凸显，个性突出，栩栩如生。如集秀丽乖巧与阳刚一身的胡小扣；如在妻子和情人中游弋的，那个经常在餐厅吃喝，忘了回家的中年"男人"；如清晨骑着破破歪歪的自行车，带着女人，黄昏他们又骑车赶往郊外栖身的"一对摆地摊的夫妻"；还有掀门帘的小护士、送贺卡的护士学校的女学生……

三、文笔流畅、语言生动

叙述语言流畅、生动，思辨深刻、明理；这是作品深受读者喜欢，同时能够吸引报社编辑关注并予以发表的又一大特色。

一是诗歌般的叙述，朗朗上口，富有意境。《秋日私语》中，作者对秋的感悟，有这样的一段描写：

当凉意与秋雨结伴，当黄叶与晨霜相依；我在找寻自己的心灵，找寻着生命的秋光秋色秋声。一种萌生于肺腑间的喜悦，让我学着去变成一缕秋风，一片秋叶，与秋暮同行。

看那秋日，在绝色倾城的寂寞与凛冽里，它淡淡然、悠悠然地远离尘间，对俗世悲欢扰攘，不再无动于衷。它饱经春之蓬勃，夏之繁盛，甚至于冬的冰凉，它不再以受赞美，不再以受宠爱。它把一切的一切都隔离在澹澹的秋光月色之外，对于枯藤、老树，甚至昏鸦，她都坦然处之。

那缕秋风不带一点修饰，那么纯净，那么凉爽，那么沁人心脾，无需参与，不必流连，在日月星辰的一个轮回中把自己安静地交给大地，交给粗壮的根……

这段对秋天的描述，给我们展现出的是一幅情景灵动，远山近水，远淡近浓的山水画，不少文人墨客，文学大家对于秋的描写都不惜笔墨。尤其是对北方之秋的"味烈味深味浓味久"的纯厚和"来得清、来得静、来得悲凉"，对南方之秋的"味润味浅味淡味短"的优雅和"来得润、来得淡、来得清凉"描述得味正、色清。而作者站在南北融合之处的荆楚大地，则对秋的理解增添了"爽"，增添了"纯"的韵味，让人吸之心脾，呼之清肺，回味无穷。

二是语言优美，修辞灵活多样，具有深刻的思想内涵。看似平实的生活现象，在作者笔下具有深刻的哲学道理。叙述和议论相结合，增添了文章极强的艺术魅力。

作品中多次出现作者对菜肴的描述：

蔷薇红腊肉点缀碧绿生青豆苗，水嫩欲滴的莴苣配上一袭奶白的竹笋，水墨一般浓浓淡淡晕开的紫菜汤。

看，三样菜，作者就用了丰富的"色彩"，蔷薇红、碧绿、水嫩、奶白、水墨；再加上独具匠心的形象词穿插其间："一袭奶白"的"袭"，"浓浓淡淡晕开"的"晕"，这哪是在描述菜肴啊，简直是一幅幅色彩斑斓的工笔画啊。从"袭"我们想象到了

款款走来的一群古装仕女；从"晕"我们联想到了熟鸡蛋般嫩白、个中略施粉黛的美女脸颊啊，这样的描述，拟人的笔法，给作品带来了生机和活力。

还有作者笔下的一盘卤牛肉："亮若灯影的薄片，配上碧绿生青的香葱，鲜嫩欲滴的红椒，工笔花鸟一般的精致，醇厚结实的暗香"，等等，都为作者表述心境增添了光彩，让人读着作品宛如在细细地品味着头口汤、二道茶、三遍琴曲一样，余味悠长……

尤其让人感动的是作者对人物或事物的描述后的感叹。《爱过，慈悲心》一文中，作者形象的几笔就勾勒出了一个男人以"吃"为例，在妻子和情人之间的感悟，揭示出了男人的那份慈悲，再好的锦绣河山原也是踏过了老妻的人面桃花换来的……

"腰缠十万贯，骑鹤下扬州"终归是人间的美梦。或是西食或是东眠，我等非貌若天仙之女者早作决断早安心，也不枉在人世走过一遭，在易老的红颜里，若心安，怎样也会有清净花开吧！道明了平凡的人，要有平凡的心，做平凡的事，仍然不失为是一件十分快乐的事情这个道理吧。

纵观作者三十六篇作品，五个篇章的诗句连接，都展示了作者敏锐的时代洞察力以及文学手法的表现力，展示了作者文学的才华和对作品的驾驭能力，但是，仍需锤打和磨砺。

首先是要拓宽自己的生活视野。医院是社会文明的窗口，社会历来重视开展医院文化。数年来在医院为社会服务，医生为病人着想，医疗让群众满意等方面做出了不少工作，积累了不少经验，为社会的物质文明和精神文明建设做出了很大的贡献。身处这片沃土里的作者应该在医院文化的建设上，用手中的笔，用自己的才，用自己的心去讴歌自己身边的人和事。让人们多了解和

理解医院的工作，为和谐社会贡献出自己的微薄之力。

其次要拓宽自己的文学创作视野。文学之路其漫漫兮。作者的这本集子虽然展露了明辨事理的智慧，清颖脱俗的文笔以及文学知识的多样表现手法，就随笔、杂文体裁而言，近比胡英军，远比管淳都还有差距，所以，建议作者在现有体裁的基础上，完善自己，同时要百尺竿头更上一层楼，在抒情散文，在小小说的创作上去探索一下，这样可能对作者今后的文学创作之路更有启发和帮助。

最后，用一句话让我们共勉。培根说：我们不应该像蚂蚁，单只收集，也不可像蜘蛛只从自己肚中抽丝；而应该像蜂蜜，既采集又整理，这样才能酿出香甜蜂蜜来。

明圃园

叙述情感　颂扬孝道

——浅论胡英军的散文

　　按照我们市文艺理论家协会的工作安排，关注和培养孝感市文学新人的健康成长，是我们的主要工作之一。恰逢新年更新之际，我读了胡英军自2007年10月至2008年12月近十四个月里先后在有关报纸杂志上发表的二十六篇文学作品。细细读来，一股浓浓的真情实感让我有时不得不掩卷而拭眼泪，一种父母仁爱之举、情系儿女点点滴滴的言行举止触动着我的心。让我感动，使我浮想联翩。作者二十六篇文章中：叙述的是他要珍惜的同学之情、朋友之情，尤其是父子之情、母子之情，在每篇作品中都有体现，让我沉浸在那份真情实感中。

　　胡英军二十六篇作品中，有九篇是叙述自己与父亲、母亲相处的滴滴真实事例，通过写信、打电话、发短信、过父亲节、过母亲节等情节的描写，突出了一个"情"字，展示了一个"爱"字，揭示了一个"疼"字，赞美了一个"孝"字。让我不仅仅享受了朴实无华的文字之美，还让我品味到了人间的亲情之美。

一、主题突出

这是胡英军文学作品中表现出来的第一大特点。我知道作品的主旨是作者思想感情和写作意图在文章中的集中体现，从而让读者体会作者在表现手法上的精巧及情节上的深透性，获得审美愉悦，提升自己的审美品位及境界，最终提高自己表现美的能力。胡英军正是从热爱父母、体谅父母养育之恩、品味为人之子的那种幸福和快乐入笔，与其说是对自己父母淳朴、勤劳的情感自然流露，倒不如是在人生中对家庭、对父爱、对母爱那种骨肉之情、那种伟大的仁爱的无比珍惜和颂扬。我也是一个做父亲的，我曾经在我的博客上写了一段话，题目叫《明白我的心吗?》里面写道：

每个人都追求着自己美好而完美的生活，包括我、你、他……聪明的人是在原则和道德的前提下去完美自己和自己的亲人；尤其是做父辈的，既要考虑到自己的生活质量，还要学会做父亲，不要给孩子半点负担，还要全心全意为他和他的今后前程着想，真所谓"可怜天下父母心啊"……但愿孩子和儿女们能够理解，能够懂得"山上的水总是往下流"的道理，懂得做父母的对儿女的无私奉献和渴望儿女成才、成人的真正用心，这就是对我最好的回报了……

胡英军的《手机里的特殊短信》：

它只有六个字，我一直不忍删除，其实，准确地说，它只是六个点，一个活力号而已。

胡英军的父亲用他朴实农民对儿子的挚爱，一个不知道怎么样发手机短信的父亲，用他独特的"省略号"给儿子传递的是父亲在惦记着你、牵挂着你的"无言大爱"。他的父亲和我对儿子的期盼有什么两样呢？从文化程度上比，我比胡英军父亲强一

点，但是对待疼爱和牵挂儿子成长的心情方面，胡英军的父亲比我做得更加出色。感到十分欣慰的是，胡英军理解到了父爱的真正含义，懂得了理解老人。在此文后面，作者写到："原来是这样啊，我节俭、朴实的老爸……""老爸再来短信的时候，我都会及时一一打开，尽管仍没有内容，但我心里已有了内容——父爱！"

《守候在电话机旁的母亲》一文中，有这样一段叙述：

奈何不了自己内心的想法，我还是把电话拨通了。谁知，第一声铃响，电话就被接了。母亲直接叫出了我的小名，她的语气中透着疲惫，但更多的是激动："欢，你好吗？怎么这么晚了还没有睡呢？"我的泪水忍不住夺眶而出。母亲始终在关心我，而丝毫不给自己留空间啊！

我知道母亲是在等我的电话一直等到这么晚的。我能想象，电话那端一个中年女人坐在电话机旁耐心等儿子电话的情景，那是一幅让人心疼的场面。

悠悠二十载，母亲辛苦了二十年，为我付出了二十年，却在这属于她的日子里也没有得到正常的休息。为人子，我实在惭愧。

类似这样真情实感的叙述，在胡英军的作品中比比皆是，同时也较准确地画了边远农村中年夫妇疼爱远离自己的儿子的淳朴劳动者的形象。这样可爱的儿子，这样可爱的父母，这种尊老爱幼、珍惜仁爱的主题深深地烙在我的脑海里，温暖着我的心。胡英军的作品就这样久久的感动着我……

二、情节感人

作品通过故事情节展现人物性格和作品主题，情节的发展过程就是人物性格逐步显现的过程，也是作品主题不断得到深化的

过程。情节感人是胡英军文学作品中表现出来的第二大特点。

在《陪母亲过十一》这篇文章中，本来一个不可能出现很大故事的日子，而胡英军却出乎意料地叙述了一个小故事，其情节十分简单，"终于有机会在家陪陪母亲的他，却被母亲'软禁'在家，母亲却出去了"。这个陪母亲过十一的计划不就落空了吗？母亲那么疼爱儿子，又为什么不理解儿子的一番心意呢？读者再问，主人公也感到十分奇怪……母亲大汗淋漓地回来了，怀里抱着一大把金灿灿的菊花。原来母亲是为主人公准备菊花茶啊！儿子不经意的一句话，却沉积在母亲的心头，本来想陪母亲过十一节日的儿子却成了母亲的宾客。望着母亲怀里浓烈的菊花，看着她身上布满补丁的衣裤，回忆着她早上所谓的安排，想着早餐桌上那仅有的一罐咸菜，主人公的眼泪不争气地流了出来。

一个不计较自己衣着打扮、不知道劳累的农村母亲，她的心里想的却是儿子随便提到的一句话，并在儿子回家之时现做，并让儿子带走菊花茶。可想而知，从儿子不知道是哪一天说的不经意的话，却从那时开始，他的母亲便记住了，当成了"金口玉言"一般，并且还在一直酝酿并操心着啊！

多么伟大的母爱啊！读到这里，一个朴实、善良、勤劳、爱子心切的一个农村中年妇女的形象高高地耸立在我的脑海里，这个形象也正代表着中华民族无数个农村妇女的高大的母爱形象。

这样的叙述还在《过期的 SOD 蜜》《我的冬天也是你的冬天》《带母亲进城》中，都有出色的情节描写。虽然谈不上跌宕起伏，但也能够引人入胜，耐人寻味的了……

三、选材独特

胡英军的生活经历决定了他作品选材的独特性，这是胡英军文学作品中表现出来的第三大特点。一个边远乡村的孩子，刚离

开父母，走进了繁华而又灿烂的校园生活。让他感触最深刻的，也是他熟悉的生活，就是人的父母。父母的言谈举止，父母的点点滴滴都刻在他的大脑里。所以他从生活中最熟悉的材料中，选择了电话、菊花、SOD 蜜等；从国庆节、父亲节、母亲节等平凡而微小的细节上去挖掘生活的内涵，揭示出不平凡的仁爱情操。作者不管在哪一篇作品中开头都能极力地去描写、叙述故事的本相：大笔铺成，用墨如泼，逐一铺垫；让读者跟随着他的叙述去探寻答案，和他一起纳闷，和他一起发牢骚，甚至为之鸣不平。在《过期的 SOD 蜜》中：

> ……在我半兴奋半不满的时候，我看到了包袱里面的'宝贝'——一瓶大宝 SOD 蜜。母亲不是不喜欢涂抹露、蜜之类的东西吗？怎么用起大宝了？我感到奇怪。

随着故事情节的展开，一旦谜底揭开了，既让作者感到感动和悟出个中道理，也让读者和作者一样，感动并受到了教育。胡英军的作品文字不是很长，一旦故事收尾，作者的笔也收了起来，惜墨如金，不说废话，一句话点题，升华主旨。浓淡相宜，波澜起伏，错落有效，达到匀称和谐的效果。一个穷人家的孩子，出生在一个穷村庄，所以他的生活和许多奢侈品无关，仅能够体验的就是日常生活中常不被人注意的事物和日子。我相信胡英军还一定熟悉和他父母紧密相连的耕作农具、猪鸡狗鸭，但是由于主题的需要，只有做了舍弃，这正是胡英军作品中取舍得当、选材独特的一个很重要的方面。作为一个初学者，能够较好地选择自己的文学资源，真是难能可贵。

淡淡的味　浓浓的情

——赏读万雁《淡淡的味道》作品集有感

　　初识万雁是在报纸上，清新而富有诗意的文章吸引了我，让我记住了作者的名字，同时也开始天天关注着报纸的副刊。初见万雁是在周芳作品研讨会上，是一个清新而富有青春活力的小女子，同时也收到了她的作品集。"淡淡的味"是作品集的标题，爱好文学的我禁不住想探寻这"淡淡的味"背后的人生感悟。从第一篇到第四十一篇，我用了两天的时间细嚼慢咽，生怕读急了会噎着自己而造成消化不良。作者通过对人、事、花草的具体叙述和描写，引经据典地论证，把一个"淡"字运用到了极致。

　　"淡"《说文》中说：薄味也。本义是味淡，含盐分少，与"咸"相对，如淡水、淡化，也指含某种成分少，与"浓"相对，还可以表示浅薄，如淡泊，淡漠。作者的作品，淡字的出现频率大大高于其他的字，如："温润味淡"，次篇的"淡天"，还有淡忘，淡紫，淡寂，黯淡，清淡，疏淡，平淡，静淡，还有淡淡清辉，淡淡墨香，浅浅淡淡，若淡若浓……

　　归纳看来，一个"淡"字贯穿于作品集的始终；具体看来，

一个"淡"字又点缀了每篇文章的主题，正如作者卷首而言：淡味，非无味，比之淡，更天然，接近本色。

读完作品集，再体会作者的这段话，让笔者产生无限感慨。仔细想来，其实，这淡中有情，淡中有味，淡中见奇，淡中见浓啊。于是借用作品集的标题——"淡淡的味"再加上"浓浓的情"作为我读后感的题目，以示我的点滴心得和体会。

笔者认为：万雁的作品集大多是以城市景观，市井小事，家长里短开头起笔，以深邃易懂的人生感悟结尾落笔；具有极强的可读性，概括起来是十二个字，即思想性强、时代感浓、平民味足。

一、思想性强

每个人都有自己的人生观和价值观，每个人对事物的看法和认识的深浅决定着自己对生活的理解程度，同时也代表着每个人的思想倾向，如：作者在《健康是1》中引用了老艺术家苏民的一句话，指出：

拥有身体和身心健康的人，才是拥有了人生最大的资本。糊涂人透支健康，提前死亡；普通人貌似健康，人生贬值；明白人关注健康，人生保值；聪明人投资健康，人生增值。生命对于任何人都是十分珍贵的，只有身体和身心健康的人，才能够获得和享受到更多的生活体验和快乐；谁是聪明人，谁是普通人，谁是明白人，谁是糊涂人从对身体和身心的健康就可以得出结论。

这段话，对于那些成天沉迷于灯红酒绿，日夜"砌长城"，"搓麻"的人不正好是一剂良药吗？他们如若读到这样极具教育意义的文章，并且对号入座的话，一定会大彻大悟的……

再如《爱，藏在支持后》一文中写到：

生在尘世间，没有谁能不食人间烟火，日常生活里总是有

太多琐事缠身，买菜、做饭、洗衣、拖地、客来送往、孩子的抚养、教育，等等，哪一桩，哪一件不耗时间？如果一个写作者成天被这些琐事缠得分不了身，必然会淹没其间；将一颗玲珑心磨钝，磨平，倘若得不到另一半的支持，很难顺畅地继续下去。

作者由此得出结论：

爱一个人，或许有多种方式，而支持对方去做有意义并喜欢的事情，无疑是一种高境界的爱。获得支持的人，是幸福的，若有一颗感恩的心去回馈这背后的支持者，婚姻这条小舟必然会行驶得很远很远……

读到此时，不禁让人猛得其悟：圆满的婚姻，幸福的家庭，恩爱的夫妻，他们的生活并不在轰轰烈烈，并不在山盟海誓，并不在卿卿我我，并不在缠缠绵绵，而就在心灵相通，而就在真心理解，作为已是孩子妈妈的作者来说，自己的写作成果不正是家人关心和理解的结果吗？这样的感受真切，动人；既是对文中人物的赞赏，又是自己切实感受和发自内心的独白，这些道理虽然浅显，但只有经历者才懂得，不是任何人都能够体会得到的。

二、时代感浓

任何作品只有带上时代的气息才能彰显出它的活力和魅力。作者的作品紧跟时代的步伐，把自己的笔触融入时代的前沿，写当今事，说当今人，读后感到许多人和事，仿佛就发生在昨天，在隔壁的小院里，触手可及，吸之有味。《六月，我闻到了栀子花香》中，作者大肆渲染了街市上栀子花开季节，人们喜爱栀子花的热闹场景，形象生动地描述了人们喜欢栀子花的种种表现和形态，道出了栀子花深受人们喜爱的恋花情愫，让读者似乎感到

一阵阵的栀子花清香扑鼻而来；享受到花香满室萦绕，轻潜花襟袖端。

当人们陶醉在欣赏栀子花的意境时，作者笔锋一转，联想到了去年地震灾区都江堰的一盆从危房抢救出来的栀子花，这盆花经历了"5·12"特大地震，并未因恐惧而谢绝开花。作者因花，想花、思花、念花，感叹生活有惊天巨灾就有人间大爱；有乌云密布，就有雾散云开；有狂风暴雨就有丽日晴天；有漫漫黑夜，就有朗朗白天……面对这无可抗拒的自然灾难，只有收拾悲痛，选择坚强，敞开心扉，心灵之壤才会姹紫嫣红地开花，如六月栀子花般的灿然美丽。

作者这种积极向上，不因爱花而沉溺，不因灾难而颓废的思辨哲理，让时代的奋进精神和崇高的心灵世界得以升华。

又如《闲谈麻将》中写到：

僻静山村的布衣百姓，繁华都市的盛装达贵都对麻将乐此不疲。其中之乐趣，其中之奥秘，其中之痛苦，其中之无奈，不分男女老少都能说出一二来。唯独用文字评论之，少也。

而作者从自己对麻将的一窍不通开始到耳濡目染地下水湿脚，再到深深沉迷其间，严重时轻伤不下火线，直到经历输摔赢笑的难受和尴尬。个中滋味，酸甜苦辣，形态各异，形象生动，胆大敢说，针砭时弊，把当今"麻坛"的众众芸生刻画得淋漓尽致，栩栩如生。作者用大思想家梁启超"只有读书可以忘记打牌，只有打牌可以忘记读书"的警世名言告诫人们，不可玩物丧志，尤其是梁启超的话仍具有深刻的现实意义，给读者的心里刻下了深深的烙印。

再如《鸡汤与方便面》。作者形象地寓意"情人"是鸡汤，喝完了，当时挺香的，一会儿就饿了；老婆是一碗方便面，能顶

一顿饭。随时可以泡着吃，干吃亦可。鸡汤则不同，味道虽然不错，可吃起来要剔鸡毛，要注意碎骨头，麻烦至极，因为不固有，还怕吃出了"意外"。

作者就是这样，关心时代的平常事，反映人民群众的心声，用短小的篇幅，赋予时代特色，显示出了作者的胆识和大气，不论是谈花，谈麻将，还是谈情感，都评品得那样有滋有味，情深意浓。

三、平民味足

作为一名在国家机关工作的女子，把自己的文章触角伸到平民老百姓中去，是把人民群众放在了心里，人民大众才是我们从事文学写作者永远需要去颂扬的对象。

如《散落在旧时光阴的笔友》中：主人公其实是一个打工者，作者和主人翁的这种"氢气球"情结，随着时间的推移，"依稀往事浑似梦，都随风雨到心头"。

如《胖阿姨，这辈子我难忘记》中：在主人公感觉到头重脚轻眼前一阵发黑，似乎就要离开这个世界的时候，这个身材略胖，面相和蔼的阿姨，把她送去了诊所；并在医生少一分钱都不行的时候，这位胖阿姨麻利地从裤袋里掏出皱巴巴的钱，给主人公垫付了医药费。可是至今还不知道这位胖阿姨的姓名和地址，就是这位不留姓名的胖阿姨，这样极普通的路边妇女，恰似我们身边的活雷锋。

还有《将清欢种于心田》中的下岗女工，住房不好，有些破烂不堪，身体不好，得了一种挺麻烦的慢性疾病，很难治疗。就是这位下岗女工，每次见到她，总是那么开心愉快，完全没有想象中的愁云迷雾，常常是兴致盎然地谈起，她的什么植物又开花了，又画了什么风景画，又完成了十字绣的某个部分；或是又写

了什么诗；她总是能够很容易地从日常生活中找到快乐的理由，而不是将时间用在无味的自寻烦恼上。这位把"清欢"植入心中的平凡下岗女工，正如那缸中之莲，不论世态如何变幻，淡雅地开放在水中央，这位下岗女工的生活态度，正是当今改革开放年代朴实、善良、胸怀国家大局、乐于"清欢"的千万个平凡下岗女工的缩影。

还有《桃园那朵美丽的花》中捡塑料瓶的小女孩，拾金不昧……还有《天气预报》中时刻为儿子、媳妇、孙子听天气预报的一对公公婆婆，饱含着浓厚的人间真情，潜藏着老人对晚辈的那种朴实、厚重的爱。

还有《缝纫女，风雨中不喊痛》中的缝纫女。还有，还有……作者关注平凡人，关注平凡女人，关注平凡女人的不幸生活，篇篇给我们揭示了很多很多的人生哲理。即咏物言志，追求幸福，自强不息。

篇篇平淡如常，可细细读来，篇篇又是浓如情，浓如理，浓如爱，给读者留下的是信心，是力量，是品味，是欣赏，是快乐，是升华，悲哀中有愉悦，叹息中有方向，感伤中有心得，生活中有阳光，成功中有勤勉。让我们懂得了：脆弱的时候就看高山，因为山有一种硬度；得意的时候就观海，因为大海有一种深度；嫉妒的时候就望天，因为天空有一种广度；悲伤的时候就寻家，因为家有一种温度。

万雁的作品之所以能够吸引人的眼球，让读者欣赏，是因为文章的一句话，一个故事，都能引起作者和遐想，浮想联翩。这正是艺术散文表现手法上的一种最重要的方法，她的作品中没有大起大落激烈复杂的矛盾冲突，也没有大悲大苦的感情纠葛，总是以一颗温存的心细细地体味生活中的一草一木，一喜一悲，文

章中闪烁着哲理的火花，将自己达观开朗的人生态度，较好地融到创作之中，是一个能够在不大的题材领域里挖掘出深井的难得的文学新人，归纳起写作特点，有如下几点：

一是情景描写，生动感人。作品中有很多描写花草的场景，作者都能够用较为华丽的词句，典雅的语言与作者的心境融于一体，给读者许多美的享受。《与梅有约》一文中：

幽幽寻梅路上，狭窄的泥径已被连续的飞扬的絮雪掩盖了本色容颜。不畏严寒的鸟儿在光秃秃的枝桠上盘旋飞绕，时而发出一两声苍凉的鸣叫，和着"吱吱嘎嘎"的踩雪声，天地间显得愈发幽清了，目力所及处，再无人影，依稀记得有人写过这样的诗句：如果没有人，眼前的世界，就都是我了。这略带霸意的诗句，此时正好暗合我心。

看这"狭窄的路，飞扬的雪"，"光秃秃的枝丫""盘旋的鸟"，"苍凉的鸣叫""吱吱嘎嘎"的踏雪声，静动结合，情景交融。人鸟对比，上下互动。给人展现出一幅寒冷、冰凉、委婉、苍白的寒冬图。而作者带着希望，怀着向往独自寻梅。尤其是一个霸字的运用，充分表现了作者此时"大千世界、唯我独尊"的爽朗情怀。这样一些情景的描述，使读者身临其境，也同样分享着作者的那份执著和闲情逸致，类似这样的描述在文章中随时可以捡来，在此就不一一枚举了。

二是引经据典，耐人深思。作品中作者大量引用了古人、名人的诗句。苏轼的"宁可食无肉，不可居无竹"；庄子的"君子之交淡如水"；鲁迅的"十年携手共艰危，以沫相濡亦可哀。聊借画图怡倦眼，此中甘苦两心知"；丰子恺的"小桌呼朋三面坐，留将一面与梅花"；北宋学家周敦颐的"出淤泥而不染，濯青涟而不妖"；徐志摩的"浓得化不开啊"；还有毕淑敏的"我曾经满

世界地寻找真理，却恰恰忘了，其实最晶莹的真理就在我们身边"，等等。不仅深化了主题，浓缩、精练了语言，最主要的是让读者在欣赏中受到启迪，懂得了道理。

三是排比句式的应用酣畅淋漓。在《一棵开花的桂树》文章中，作者这样写道：

她没有因为高挺树种和群起挤对而心生恐慌；没有因为阳光的薄爱疏照而自哀自怜；没有因为空间的狭小而使小性子；没有因为地处不佳光芒抢去而郁闷烦躁；没有因为繁花相继盛放而难耐寂寞；没有因为无人关心而心凉如灰……

六句排比，字句工整，层层递进如诗一般的语言。这哪里是在说树啊，分明是对甘于平凡、乐于奉献、知恩图报、不求享受、不卑不亢、淡泊名利的崇高品质的颂扬和赞誉。又如《像风一样的女子》中的女子常常带着心爱的女儿从樊笼一样的家中暂时逃离。

她们在青山碧水间泛舟唱晚；在青石板路上撞击古老的音符；在鬼斧神工的天坑地缝间俯视仰望；在天涯海角踏浪堆沙；在烟雨江南中信步徘徊；在遥远的古镇向牵挂的朋友寄出温暖的贺卡……

这六个"在"字的排比句式一气呵成，把像花儿一样的女子热爱祖国山川、热爱生活的人生态度一下子跃然纸上了。尽管她是一个被不幸缠绕的人，但是她没有吝啬自己的爱，她的洒脱和飘逸已经赢得了读者的喜爱。

四是议论点题，给人启迪。作者的随笔、散文都倾注着自己的感悟和体会。每到结尾之处，都能推波助澜。议论深化主题：既阐明一个道理、发人深省、给人启迪。最突出的是在《人生要及时"充电"》一文中，结尾这样议论到：

我想，在人生的路上，当一个人没有退路可走的时候，心中反而会有一股强大的力量向上升腾，从而促使一件事情的完成。

这就是作者阐述的"至自己于死地而后生"的勤勉精神。所谓充电，就是要坚持学习，不要懒惰，不要有侥幸心理；始终把自己定位在最优秀上，只有这样，才会使自己走得更远，攀得更高，过着比他人质量更高的生活，享受着比别人享受不到的人生品位和思想意境。

掩卷而思，万雁的作品集的确给了我们赏心悦目的地方。但是从工作和文学写作的深度上我给作者提两条建议：

一是要注意反映和自己工作息息相关的人和事。我们每个人都是社会中人，人的价值属性就是他的社会性，你对社会贡献越大，就越是受到人们的信任和尊重。作为一个税务干部，成天和国家的政策、法律打交道。这里面一定有许多可歌可颂的人和事，所以建议作者要在与本职单位的工作性质上去捕捉闪光点，这样既联系了单位工作实际，又为本单位的精神文明建设尽了一点微薄之力；同时还进一步拓宽了自己写作的思路。

二是要注意自己写作的深度。会抒情，能议论这只是一般散文的写作标准，关键的是要进一步加强其他学科的学习，哲学是教人更聪明的学问，需要去涉及它，心理学是教人更理解人的学问，也需要涉及它。如《六月，我闻到了栀子花香》一文中，读者好想看到爱栀子花的男子是怎么样的表现？他们爱花在心理，赏花不能张扬。你稍加注意，你就会发现男人的上衣口袋、钱包里面也可能就留有栀子花的清香啊。

所以说观察生活、做有心人，这应该是对写作者的基本要求吧。

淡淡的味，浓浓的情。这淡淡的味，让女人更温柔娇羞，让男人更成熟大度，让孩子更天真可爱，让老人更健康长寿。

浓浓的情，淡淡的味。这浓浓的情里，让邻里更亲热和睦，让朋友更和好长久，让夫妻更恩爱有加，让生活更祥和幸福……

毅力 魄力 能力

——读金正纯《抗战精神》一书有感

几天来，我一直在读《抗战精神》这本书，深陷其中不能够自拔，这是我多年来读书比较专注的一种习惯，常常会被书中的人物、情节所感染，有时甚至会忘记了岁月时空……

这次读了金老先生所著的《抗战精神》一书后，在我脑海里经常呈现的既有抗战遗迹，旧址中的动人故事，同时也有金老先生六十五天万里行中那些吃、喝、住、行以及采访中的具体细节，还有历史的遗迹、旧址和现实中的金老先生，动静结合，新老更替，每当想起都给予我内心极大的震撼。不知我是被新的知识而吸引，还是被金老先生万里行的精神所感动，"毅力、魄力、能力"六个字立刻浮现在我的眼前。

一、坚韧的毅力

对于一名业余作者来说，一部长篇纪实文学《陶铸在鄂中》，已经让八十岁高龄的金老先生功成名就了，所得报酬足够享用自己的后半生。但是，作者敢于挑战自己，在耄耋之年，万里征程，寻访抗战遗迹、旧址，并撰写纪实。我理解这是一种责任，

一种追求，一种期盼，这非常人所及。

我是年近五十岁的男人，离开故里，远走他乡出差工作的机会已有几十次了。年轻时出差，总是别人给我买好车票，小车送到火车站或飞机场，下车办事早已安排有人接送，至少住在三星级宾馆，每天活动下来，还感到十分疲倦，有时还萌生了缕缕思乡之情。现在这个年纪出差，更是讲究条件，甚至还有年轻人陪前陪后，带上各种旅行用品，药品。生怕有半点辛苦和劳累，更怕身体不适或生病了。

原来有人说：人过七十古来稀，突出现在人们生活质量的提高，我国人均寿命在七十三岁左右。而我们的金老先生在八十高龄之际却毅然决然地决定寻访抗战遗迹、旧址，这没有坚韧的毅力是不行的。

作者在书中这样描述自己的吃、住、行：

9月3日当晚乘278次车出发去北京，次日上午七点到京，为了出行方便，住西客站内旅社，房中无桌无椅，小得只能转身……

九月六日天色渐晚，我匆匆告别张老和李欢林，几乎小跑地去公路边赶车，因太晚了无车，途径"御道坊"，这是晚清皇帝去承德避暑的必经之地，我无心浏览，一路连走带跑地赶到公路边。在茫茫夜色和尘土飞扬中挡了一辆从承德去北京的中巴车，挤坐在车门边的踏板上直奔北京城。回到住处后，忙着吃方便面，洗澡洗衣服。坐在床上写日记时已不觉到了零点。

9月8日，五点起床，六点乘坐五十二路车到东直门，转乘地铁二号线到四惠终点站，再转乘去迁西县的班车。这时来了一辆摩托车，我拦着车主，要求他带我去喜峰口老城门，他同意带

我，我说："你要多少钱？"他说："随便给，你要坐好，掉下去我可负不起责任。""不要紧，我会抓紧的。"我向几位老人招手告别后坐上摩托车，在公路上急驰而去，车速快，风声急，我赶忙把帽檐拉下来，不敢正眼抬头，只能眼睛向上看前方。

10月2日，为了节省赶路时间，我乘中巴车当天晚上赶到了浑源县城，县城不大，宾馆价高，跑了几处，最低百元，只好仍然回汽车站一小店住下，一房三床，一床五元，茶水自理，灯光昏暗，黑白电视无天线，正好早睡早起去平型关。

每当读到作者这些文字时，一股敬佩之情油然而生。休息不好，吃不好，行程如此匆匆，而又十分艰难。这哪是一个八十高龄的老人所能为的啊。

作者在出发首日这样写道：

我坐在去武汉的客车上，望着车窗外满目苍翠，丰收在望的田野，不觉想到，我虽然身体比较好，血压正常，没什么病，但毕竟八十岁的人了，我能不能完成这一次万里行程呢？我想光有决心是不够的，还要细心，小心，第一不能摔跤，第二不能生病，第三不能掉东西，第四不要慌神。这次"不用扬鞭自奋蹄"的自选难题，要想完成宏愿，必须时时提醒自己，处处谨慎小心，如临深渊，如履薄冰。

我以为，作者对自己的四点提醒如果是对自己行动的一种告诫，是完成任务保证的话，最关键一点，是作者有一种发自内心的信仰在支撑着他去战斗，去追求。这个信仰就是对中国共产党的坚定信念，对自己祖国的无比热爱，对"牢记历史，不忘过去，珍爱和平，开创未来"的责任心和让子孙后代牢记自己是一个中国人的民族气节和爱国精神。这应该是作者具有坚韧的毅力的原动力和根本所在。

二、求实的魄力

实事求是是马克思主义哲学的核心，也是辩正唯物主义一元论世界观的根本要求。实事就是客观存在的一切事物，是就是客观事物的内在联系，即规律性，求就是去研究。实事求是就是要从客观存在的一切事物中，探究它的内在规律，并按照客观事物的规律去办事。

历史具有他的本原性，但是作为阶级斗争的需要，历史又往往带有阶级的烙印。八年抗日战争胜利，有着深刻的历史背景和复杂的阶级斗争的因素在里面，如何正确记载和还原历史本来面貌，没有求实的态度是不行的，没有求实的魄力更是不行的。从文章中我们可知道，作者风餐露宿，不畏困难，历时六十五天，行程两万余公里，采访纪实数十万字的历史资料，仅整理就花去了十个月的时间，修改核实又用了十个月时间，花这么长的时间整理，修改，核实，完善的过程就是再一次求实的过程，也是作者再一次坚持真理、实事求是的过程。书中作者尊重历史，尤其是对日本侵略者入侵后，国内民族矛盾上升，国共合作时期，国民党及国民党中爱国将领坚持抗战，英勇杀敌的事例进行了正面的描述，坚持一分为二的观点，功过分明。这和我们坚持"实事求是"的精神是完全一致的。不割断历史，不歪曲事实，这对于纪实作者来说，既是责任，也是魄力。如，《九年义务教育初中教科书》，《中国历史》第三册第二十四课《新文化运动和五四爱国运动》中就客观地评价了陈独秀是这一运动的主要领导者，并在共产国际的帮助下，是陈独秀在上海建立了第一个共产党组织。他是中国第一个共产党组织的建立者，是党的一大至五大的总书记。再如，海瑞是以大无畏精神著称于史的名臣。1566年，明嘉靖皇帝已在位四十余年，他偏听谗言、求仙，炼丹而误国。

海瑞在这一年上书著名的《治安疏》，直接指出："陛下之误多矣。"皇帝气得大喊，派人去他家抓他，怕他跑掉。属下答曰："他不会跑，已经买好棺材，在家等着呢。"这种把事实、真理看得比生命更宝贵的实事求是的精神，成为我们民族文化史上的光彩一笔，海瑞也因此成了敢说真话的楷模。回顾抗日战争时期国共合作的实际情况，在中国共产党人的领导下，经过了"反蒋抗日，逼蒋抗日，联蒋抗日"三个阶段。这段历史进程在书中有详实的记载：1933年的"古北口保卫战"是国民党陆军第十七军二十五师打响的。在激战中，一四五团团长王润波阵亡，亲临第一线指挥冲锋陷阵的师长关麟征腹部被炸伤，但仍坚持指挥作战，在既无巩固阵地，又无援军的情况下，孤军作战，抵抗数倍于己的日军三天三夜，伤亡四千多人，日寇也伤亡两千多人。日方报纸评说：古北口之战，是"九·一八"以来的激战中之激战。

作者在书中记载西安事变遗址时，有这样一段话：

"'西安事变'是张学良将军以被软禁大半生的代价，杨虎城将军以全家为国捐躯的代价，换来了国共两党的团结抗战，一致对敌，张、杨两位将军不可磨灭的历史功绩，是应该彪炳史册，永垂不朽的。"

这样的记载，这样的语言，需要胆识。每当读到这样的章节，我就会由衷地感叹和佩服作者的求实精神和胆识魄力。

三、叙述的能力

同是抗战的遗迹，旧址，又同是日记体的记述，要把六十五天的所见所闻生动、形象地描述出来，既不是记流水账，又不是简单地介绍，没有一定的语言驾驭能力是很难做到的。然而金老先生却偏偏选择了这样的形式来完成《抗战精神》一书。极强的叙述能力给读者留下了很深刻的印象，娓娓道来，引人入胜，让

人爱不释手，有一气呵成、读完为快的兴奋和激动。归纳起来，有如下特色：

一是叙述史实与情景描写相结合。比如九月十八日，作者在叙述了辽宁省大连市，旅顺大屠杀遗址，万忠墓纪念馆后，有这样一段情景描写：

傍晚时分，我独自一人冒着蒙蒙细雨来到海岸边，远看着呼啸而来的层层波涛，一浪赶一浪地拍打着海岸边的岩石，激起一阵阵白花花的水花，顿时我心潮澎湃，望着烟雨苍苍的东方大海，不觉自言自语，一衣带水的日本国啊！我们都是黄种人啊！……我要告诉你们：中国有一句古话——好咬的狗子落不到一张好皮的。"

在读者看来，这"层层波涛"，"一阵阵水花"正是无数个有正义感、爱国的中国人的写照，此时的作者已不是独自一人了，而是千千万万个中国人在呐喊。诸如此类的叙述史实与情景描写相结合的方法，在书中多处出现，使读者受到感染，浮想联翩……

二是叙述史实与感受议论相结合。如作者在 9 月 11 日叙述辽宁沈阳"皇姑屯事件"遗址时，这样议论到：

日军炸死张作霖这一恶毒阴谋，实际给日本帝国带来了两个他们预料不到的后果：第一个是激发了张学良对日寇的切齿痛恨，然后承认东北三省归属中国国民政府；第二个是张学良毫不动摇地采取了"坚决抗日"的方针，发动了"西安事变"以兵谏逼蒋联共抗日，促成了国共两党的第二次合作……

这样作者对典型事例的夹叙夹议，既突出了主题，又上升到理性的高度，使读者从中领悟到个中道理，中国革命走到今天，确实来之不易，是无数个爱国人士的不懈斗争换来的。

三是叙述史实与图片数字相结合。我曾对全书的所有图片进行过粗略统计，全书中所用图片有八十二幅，这些图片中有作者和被采访人的合影，真实再现了作者与被采访者之间的言谈举止；有很多抗战遗迹，旧址的原址和现址照片给读者留下很强的视觉感受，一目了然，真实可信。对于理解和读懂书中事件起着极好的补充效果，图文并茂，相得益彰。

四是叙述史实与诗句运用相结合。作者在日记中别出心裁地用了叙述诗句开头，中间诗句穿线，结尾诗句点题的表现手法。诗句的运用，高度概括了事件的主题，让读者在三吟其诗句的同时，欣赏文章，了解事件故事，既看了故事情节，又较快地知道了故事的梗概，读来兴趣盎然，情趣无限，掩卷之后，绕梁三日，耐人寻味。这可能也是此书能够引人入胜的重要原因吧！

历史是一面映现现实的明镜，也是一本最富哲理的教科书。

历史无言，精神不朽。伟大的抗战精神为中华民族精神注入了新的元素和更为丰富的内涵。这是永远的精神财富，读完金老先生的《抗战精神》一书，掩卷细思，除了对金老先生敬仰以外，还懂得了什么是抗战精神，那就是中华儿女不畏强暴，不甘屈辱的自强精神；就是中华儿女万众一心，同舟共济的团结精神；就是中华儿女勇敢无畏，前仆后继的牺牲精神；就是中华儿女百折不挠，奋斗到底的坚韧精神。

最后，我还期待着能看到金老先生的续集，以饱眼福，并祝金老先生身体健康，青春永驻。

抗战精神旗帜永远飘扬。

品味生活　哲理人生

——浅论何霞江诗词集《感悟人生》

前几天，我在刘碧峰主席那里借到了何霞江老师的诗词集《感悟人生》，借书的情景一直在我的脑海呈现，刘主席小心翼翼地把一个精装的红色硬板盒子打开，从里面一下拿出来厚薄不一的三本书，沉甸甸的，他从中把这本《感悟人生》的书给了我，然后把另外两本书再次放进精装盒子里，盒子明显矮了一截，是这个盒子不合适呢，还是舍不得就这样被借走呢？在我纳闷之时，刘主席说话了："我这是一整套书，你看了后一定要还给我啊。"

从刘主席的话里面，至少传递了两个信息：一是这套书很不寻常，说明他很喜爱，二是这套书很值得一读，起码具有一定的收藏价值。

拿到这本书到我现在开始写读后感，有两天时间了，几乎占有了我的工作以外的全部时间，甚至晚上睡觉的梦中还萦绕在我的脑海……

我一边读，一边记，一边体会，精彩之处特别想做一下眉批，一想到是要还给别人的书，只有用铅笔了，而且还不敢大胆涂鸦。

纵观全书，八章五百余首诗词，读后让我体会颇深。虽然何霞江老师我从未谋面，但是他的诗词，至少让我走进了他的生活，尤其是走进了他的精神世界。他从一个乡村民办老师到民工连长，到生产大队党支部书记到市粮食局副局长，到汉川县常务副县长，到应城市委书记，到市委常委，市统战部长，这一路走来，他的所见所闻，他的真实思想，他对人生的感悟都一一呈现在读者面前，让我不知道怎么样去称呼他，是书记？是部长？是作家？是诗人？但是我知道，他在各个方面都是我的老师！

所以在老师面前我仅仅只能够把自己的一点读后感说说。

我以为《感悟人生》这本诗词集既是作者自己成长的过程，历练的过程，感悟的过程，也是作者学习的过程，品味的过程，成熟的过程，更是作者对诗词运用的过程，陶冶的过程和欣赏的过程。因此多侧面地展示了作者对人生的感悟，突出地反映了作者宽广的胸襟、良好的认知以及娴熟的诗词驾驭能力。其特点表现在以下几个方面：

一、诗词选题涉及面广

作为一个从事党政工作几乎大半生的人，其诗词的选题涉及人们生活的方方面面。

仅从第四章"人生历程篇"中的七十一首诗词我们从题目上就可以明显地感受到作者的生活经历、工作阅历，同时折射出时代的光芒，例如"党的需要是理想，一生盘泥也心甘"的《民办老师》；"书记蹲点到我家，自行车子屋里架。偷偷摸摸推出门，难抗诱惑又害怕"的《第一次骑自行车》；"什么原料怎制成？穿上新袜人精神。要是今日笑掉牙，须知当初是何年"的《第一次穿尼龙袜》；"公社大院真神秘，据说有个电视机。黑夜翻墙偷窥视，什么玩意真希奇"的《第一次见电视机》，等等。

还有《有感当年当知青》《参加工作有感》《上大学有感》《大学毕业有感》《"六一"儿童节有感》《统战部工作有感》《六月七日全国高考有感》《抗"非典"有感》……

有一首诗，名字叫《人就是这样》，作者从万千题材中进行了高度的归纳和总结。

儿时：

什么都动，

就是不动脑筋。

天真活泼惹人爱，

童心清纯。

青年：

什么都想，

就是不想能力。

可以上天摘月亮，

天下无敌。

中年：

什么都想，

就是不幻想。

深沉稳重讲实际，

风流倜傥。

老年：

什么都忘，

就是不忘过去。

陈年旧事常提及，

已有怪僻。

只要是和作者同时代的人都能从作者的诗词里面找到时代的

痕迹，同时会联想到那个特殊年代一个个难忘的日子。作者的特殊感受正是人们的特殊感受，只是人们都放在大脑的深处，慢慢地忘却，而作者则把历史用文字，用思想真实地把它记录了下来。让人们经常阅读，经常回味。

二、人生感悟极具哲理

《感悟人生》如其说是一本诗词集，倒不如说是一本朗朗上口的哲理警句，一本与时俱进的《增广贤文》。

在诗词中让读者最能受到教育和启发的是诗词中无处不在的辩证法，透彻的哲学道理和劝人为善的贤文佳句。尤其在第五章"读书感想篇"和第六章"生活感触篇"中反映得更为突出。

读《塞翁失马》有感中写到：

> 人生在世皆求得，
>
> 真得假得实难说。
>
> 塞翁失马非祸事，
>
> 此失彼得亦是获。

说的就是"塞翁失马，焉知祸福"的哲学道理。

《真金总有出土日》中写到：

> 只要本身是真金，
>
> 管它泥土埋几深。
>
> 真金总有出土日，
>
> 土不掩身不掩心。

说的就是"是金子，埋在地下也闪光"的贤文警句。

还有作者在《说话办事讲认真》一诗中用小序开头，介绍了战国时代因为一杯羊肉汤而亡国，却因为一壶食物而得到两位义士的小故事，写出了自己对说话、办事要认真的感悟。

> 说话办事讲认真，

稍不注意伤人心。

纵然本义无限好，

一句不慎损自尊。

语自出口如覆水，

恶语半句隐患深。

古有遗训慢开口，

谨言慎行切莫偏。

这不正是"好话一句三冬暖，坏话半句六伏寒"的深刻理解和剖析吗？

还有《大度忍让终是福》中作者写到：

身心受辱无不服，

出门遇狼我回屋。

小亏不会吃死人，

大度忍让终是福。

这不也正是"人狼不惹，酒狼不喝，小亏不是祸，大度就是福"的做人名言吗？

在诗词集中，作者用小序简单介绍驴和马驮货物不能相互帮助的事情，然后就发表自己的感叹：

人生如同驴马行，

哪有有事不求人？

帮人就是帮自己，

相互帮撑享太平。

作者用通俗易懂的语言，用简洁的字符把"赠人玫瑰，手留余香"的道理明明白白地告诉了大家，这既是作者对一些典故的理解，同时也是对人们的一种告诫，读后别有滋味。

诗词中作者还用一连串"慎言""慎权""慎友""慎独"

"慎行""慎微"阐述自己谨慎做人、做事的哲理体会，句句深刻有理，读后受益匪浅。

三、表现手法多种多样

《感悟人生》用诗词独特的语言抒发自己对生活的感受，必须借助诗词独特的表现形式来反映作者的思想。其表现手法多种多样，比较突出的是：

一是借物起兴，比兴写情：作者通过自己的所见所闻产生的灵感，作为自己诗词的起兴，触景生情，兴中有比，比中有情，其典型例子有《羡慕刘科长》。

1972 年，单位有位部队转业的干部刘科长，有一些半新不旧的"高档"用品，我们都感到稀奇和羡慕，故编顺口溜以示羡慕之情，亦见当年之生活状况：

收音机，手中提。

自行车，脚下骑。

摇表甩笔点火机。

破皮鞋，漏雨衣，

三十块钱买件皮大衣，

走路毛直稀。

刘科长，美慕你，

高档东西你全有，

看你该有几福气。

又如《会议有感》中写到：

切记讲得汗直流，

听众打盹直点头。

开会务求讲实效，

浪费时光心里愁。

再如《看法院布告有感》一诗中写到：

> 不知死者焉知生？
>
> 死生之道学问深。
>
> 众人顾念如果死，
>
> 违法犯罪少半边。

这样的写作方法在书中比比皆是，不管是对景物，对人物，作者都能从中找到"文眼"，找到自己所想表达的载体。这种所见之物以起兴，给读者留有很足的空间去产生联想，同时让人回味再三，意味深长。

二是词牌的运用恰到好处。该书中运用了大量的词牌。如：《卜算子·五十有感》《双调·寿阳曲离应城》《忆江南·庆湖北应城建市十五周年》《沁园春·人生一季》《诉衷情·调整农业结构》《清平乐·登泰山有感》，等等。

例如：《清平乐·观商海》

> 商海滚滚，
>
> 欲海尽横流。
>
> 绞尽脑汁细盘算，
>
> 没赚金山有愁。
>
> 何不知足常乐？
>
> 商海没有尽头。
>
> 人须安分守己，
>
> 乐在浑身自由。

清平乐这一词牌的特点是：上片句句用的是协韵，如"滚""流""愁"，在四句词里面用韵密集，把商人赚钱都嫌慢的神态通过这一词牌的特点淋漓尽致地刻画了出来，读起来应该是激情喷射，且应该读快一点；而下片则如同近体诗一样用韵，二、四

押韵，这样用韵疏朗，情感立即转为和婉，其情感表现细腻。这时作者发表感叹："何不知足常乐？商海没有尽头。人须安分守己，乐在浑身自由"，词牌调式的运用正好适合作者自己的心境，既突出了词的规律，又让人吟诵起来具有乐感。快哉！乐也！

当然，此本诗词集的思想性、文学性还远远不止这些，由于自己的水平有限，不能一一表述，我将会在今后的日子里去细读，再学习，再体会。

综上所述，我认为《感悟人生》一书生活味道很浓，哲学道理很足，是一本值得欣赏的好集子。之所以作者能够写出这样的诗词，我还认为这与作者的胸襟和格局分不开的，有人说，真正从哲学的高度去理解这个社会的现代文人，才是真正的诗人。而真正的诗人，作诗在他的生命中一定不是占据最重要的位置。对他来说，为天地立心，为生民立命，为往圣继绝学，为万世开太平，这才是其追求的目标。

他们不局限自己的悲欢，而在艰难困苦中仍一刻不停地思索国家民族的前途命运，他们不仅有很强的批判意识，其本身就更有超越同时代大多数人的思想素质。屈原说："举世皆浊我独清，众人皆醉我独醒。"这可以借来形容作者的人格。想快速、便捷体会人生感悟吗？请读读何霞江的诗词集《感悟人生》吧！

玄幻既真实　传奇又平凡

——浅谈文朵玄幻传奇小说《龟蛇传奇》的艺术创作

关于龟山、蛇山的传奇故事，版本很多。这就给全世界独一无二的"龟蛇锁大江"的龟山、蛇山的历史形成更加增添了层层神秘的面纱。

不管是玉帝选派版，还是东海龙王惩罚版，不管是大禹治水版，还是龟蛇打斗版，都给武汉长江两岸对峙的龟山、蛇山浓浓地注上了一笔历史的内涵和深厚的神秘色彩。

十分幸运的是，今天，我们又读到了文朵的《龟蛇传奇》。章回体的形式，玄幻传奇小说的艺术题材，给读者一个内容提要，刺激读者欲望，吸引读者的阅读期待。通过许多虚假的夸张的故事，让情节跌宕起伏，勾住读者眼球，使其沉浸在故事情节中同忧共悲，同呼共吸，让读者忘记了春夏秋冬，忘记了官场的勾心斗角，忘记了商场的尔虞我诈。

当我们读到文朵的龟山、蛇山传奇的这一个版本时，不禁为作品的艺术感染力所深深吸引。现就作品《龟蛇传奇》的艺术创作谈谈个人的感受。

一、构思奇特，传奇之中有传说

作者没有沿用传统的、人们口耳相传的龟山、蛇山形成的神奇故事作背景，而是另辟蹊径，把龟山、蛇山分两面进行描写和讲述：

一方面，作者神化它们，"金龟银蛇可以大闹天庭"（第四回），"解魔咒"（第十八回），"寻找长江之珠"（第二十七回），"借息壤"（第三十回），用离奇的情节或人物行为的不寻常，施以人为的夸大色彩，展示龟蛇的传奇。

另一方面，作者又把龟蛇人性化，取名为玄归，玄舍，把它们编撰为武当山真武大帝的儿女，既可以"教训恶县官"（第十二回），又可以在"长江边上见大禹""玄归抗旱"（第四十五回），把历史的传说有机结合在一起，展示了作者超乎常人的奇特构思，这种超脱于现实生活的人物、情节以及环境描述，似乎把读者带进了一个玄幻而又神奇的意境中，似曾相识而又未曾见面的想象空间，让读者难以释怀。

二、人物新颖，平凡之中见非凡

最近中央电视台正在热播玄幻神话传奇电视剧《传说》，把神农尝百草，后羿射日，夸父逐日等历史传奇故事融入一体，形象而又立体地把这些遥远的神话传奇展现在当代人们的眼前，虽然在历史朝代上有所混淆，但不乏是一种新的文艺表现形式。

神话传奇是中国传统文化非常重要的一部分。1987 年版的《西游记》，1990 版的《封神榜》，两部神话电视剧不仅奠定了后来诸多神话剧的基础，延续了中国神话谱系，而且在创作人物形象上也树立了一个标杆，从而使不少人喜欢上神话传奇。

文朵的《龟蛇传奇》，在很大程度上受到了这些作品影响，也烙上了神话故事的印迹。

作者在本书中，除了有人们所熟知的大禹、女娲、真武大帝、东海龙王、玉皇大帝之外，最大特色是为读者展现了人们难以想象的众多人物，如感知魔界先知先觉的"黄鹤仙子"。

黄鹤仙子以寄寓长江边蛇山以上的黄鹤楼而得名，该楼又属江南三大名楼之一。所以作者借此赋予"黄鹤仙子"更大的施展空间。读者以为，《龟蛇传奇》与其说是写了武当山真武大帝肠肚沾了灵气所变的水火二魔王龟蛇蜕变，为劳苦大众，为和谐生灵，团结一心，坚持不懈除魔降妖的传奇，倒不如说是为读者塑造了一个美丽、善良、聪明智慧而又处于核心地位的"女神"形象，那就是黄鹤仙子。

在本书中，不少章节里面，龟蛇二将展现出来英勇善战，勇往直前的品质，但是妖魔鬼怪的妖魔术是龟蛇二将不能知晓和识破的，甚至有时会感到茫然无知，而每次能够扭转乾坤，识破妖怪骗术的却是黄鹤仙子。

如第五十八回和五十九回，"旱魔被灭""神水润物"两章节，黄鹤仙子的智慧和果断得到了充分的表现。

"束手就擒吧，旱魔。"玄舍大吼。

"哼，我偏不，反正你们也杀不了我。"旱魔很强硬，甩起刺绳，袭击了黄鹤仙子和她肩上的红嘴鹦鹉。

黄鹤仙子从容解出神水瓶，说："该你上场了。"

听到指挥，长江之珠从神水瓶里升起，到达黄鹤仙子手中。黄鹤仙子用长江之珠照射旱魔。

顿时，旱魔嗷嗷叫着，双手抱头，想抵挡长江之珠，但已经晚了。

旱魔开始变小，脸上的沟壑变浅，钢手和钢脚变细变软，最后，变成了一个软泥人。

黄鹤仙子飞到空中，把瓶子里面所有的神水洒在这片土地上。顿时，奇迹产生了，田里的庄稼瞬间长大了，山上的枯木发芽，所有的花都开了，河水慢慢涨起，鱼儿跃起。

类似黄鹤仙子这样的人物，书中还有不少，如楚凤凰七公主，红嘴鹦鹉，个性鲜明，在平凡生活中展示了非凡的能力。

三、情节曲折，叙述之中藏悬念

文朵的《龟蛇传奇》，重点笔墨在治水、抗旱、斗蝗、灭瘟疫等重大事件上。作者在每次战斗中，都精心设计了故事情节。妖魔的作怪，普通老百姓的遭殃，龟蛇的出现，找不到治服妖魔的良方，甚至是具有人神兼一的龟蛇都可能受伤，无计可施，然后是黄鹤仙子的先知先觉或者是红嘴鹦鹉的提醒，方才寻到秘方，最后让龟蛇二将出战恶斗，解决问题。

身子可以一分为二的旱魔，具有极大吸力的水怪，人面妖身的阿黄，具有障眼法的微生物妖魔，这些妖魔的作恶手段都不尽相同，各具特色，奇异的变化，上天入地的魔法，都为该书增添不少的悬念。

这些传奇的情节，构成了玄幻小说的全篇，这是当前幻想小说的一个新的种类，它建立在玄想之上，走得比魔幻小说更远，更自由，不受科学依据的束缚，有更多的空间可以发挥想象。也许会看到古代文化的延续，会看到先进的文明，会看到诱人的法宝，会看到仙人的遗迹，会看到各种稀奇古怪的野兽，这就是玄幻小说的特点所在。仅仅从这些就可以看出，玄幻的玄和我们所认为的玄学没有关系，没有瓜葛，而仅仅是一种海阔天空、恣意纵横的幻想罢了。

从这个角度去理解和阅读《龟蛇传奇》，你就不得不佩服文朵在情节上天马行空的布局了。

作者通俗的文字，简单的文章构架，天马行空的想象力，新颖新奇，神秘的故事情节，以及主人公原本是普通动物，得道成仙的历程以及命运的沉浮吸引了许多读者。

掩卷沉思，《龟蛇传奇》仍有值得商讨的地方。

一是铺垫过多，作者用了近十个章回叙述了龟蛇的调皮以及各路神仙所赐宝物和技法。如果这些叙述为后面的斗妖战魔一一展现神力，则无可厚非，但是每次与妖魔战斗中，取得最后胜利的还是要靠"智多星"——黄鹤仙子的指点和借助其另类神仙神功的鼎力相助。

如果没有黄鹤仙子用息壤和金色天龟神甲这一个八卦阵，难能困住水怪。如果没有树精妈妈密密麻麻站成一堵堵树墙，拦截了怒吼的洪水，让水怪废了功力，那就没有机会让龟蛇合力使用的灵宝太极大显身手了。

不管是对水怪旱魔还是对蝗灾，微生物妖，等等，龟蛇二将的作用都受到了局限，所以《龟蛇传奇》的前十章就显得冗长而不简练。

爱勒莫·雷纳德曾说过："我总是力图去掉那些读者会跳过去的内容。"就这点而言，我们应该记住，不要过分描述任何事情，无论是山脉，是夕阳，还是斑马，否则你叙述的力度就要受到影响。你也将使读者的注意力出现危险的空白，将读者推向昏昏欲睡的境地。

二是主要人物塑造不突出，《龟蛇传奇》的主要人物是金龟银蛇，通篇一百回中，几乎时刻可以让读者读得到金龟银蛇的言行举止，如果从主要人物的塑造上看，读者更喜欢既智慧又善战的黄鹤仙子，黄鹤仙子在《龟蛇传奇》一书中的形象塑造比龟蛇更典型，更具体，更生动，而金龟银蛇的形象读者感到的是概念

化，稚嫩化，产生不了敬仰和佩服之情。

毋庸置疑，瑕不掩瑜。读完文朵的《龟蛇传奇》，我们可以清楚地感受到作者力图体现的不是说龟蛇有多么神奇，而是金龟银蛇对青山绿水和一切生灵的大爱、大善，由普通的动物，历经磨难，一步一步，修炼成正果，为保护大地，保护人间太平，护国安民，甘当镇妖山的大无畏牺牲精神和能伸能屈的英雄气概。

传奇的龟山蛇山，在作者的笔下赋予了新的内涵，新的诠释，亦真亦幻，既浪漫又平实，读者将从中享受到另类的精神快餐。

一个可爱的小人物

——浅谈长篇小说《人生》中李小三的人物塑造

长篇小说《人生》作者极力塑造了一个"孤儿身世的周慧琼，从当知识青年踏上人生之路开始，到市委书记岗位上退休归隐，一生风风火火，又平平静静，一生顺顺利利，又坎坎坷坷"（内容简介）的大人物，大角色。从而揭示了"人生，就是人的一生，并不像文人们所描述的那么复杂，其实很简单，该是怎么样，就是怎么样"的人生感悟。

读完这篇大作，掩卷长思，我更喜欢李小三这个小人物。虽然作者对李小三着墨不多，篇幅不大，角色不重，但是对于突出主题、突出主角起着十分重要的作用。如果说周慧琼是红花，那么李小三就是绿叶，如果说周慧琼是高山，那么李小三就是小溪……李小三这个小人物较好地烘托了周慧琼这个大人物的大气、胆识和顺利又坎坷的丰富人生，尤其是作者把李小三作为周慧琼的丈夫这个角色的安排，必然导致李小三人生的悲喜哀乐……

笔者喜欢李小三有以下理由：

一、人物形象，个性鲜明

《人生》中人物众多，各具特色，除了主人公周慧琼以外，笔者认为，李小三的人物形象，更具有鲜明的个性。

一是政治上可信：人都是有思想的，而人的思想更重要的是反映在他的人生取向和政治态度上。作者没有过多地描写李小三，而是从其他人物的角度去看李小三的。

在周慧琼的第一眼里，是惊叹不已，感激不尽。要知道此时已经是团市委书记的周慧琼带一个工作队去抓农业生产，完全可以用得上是"一窍不通"这个词儿。小三却是胸有成竹，得心应手。她那颗悬着的心才踏实了。有这么一位年轻而且老练。坚决服从又肯动脑筋的党支部书记，根正苗红，她满意极了。而且通过李小三，还对县委张书记也产生了莫大的敬佩之心，那老头子真有办法，有眼力，挑选了这么一个好书记，为自己的工作打下了坚实的组织基础。

周慧琼第一次和李小三接触，就感觉到李小三政治上是积极向上的，这和周慧琼政治的要求是一致的，同时又为后面李小三突击被周慧琼"嫁"去埋下了伏笔。

二是工作上可为：李小三是一个土生土长的农村青年，有知识，心眼好，情况熟，有威信。在老同志的帮助下，很快成为了牛迹山村的带头人。如果李小三沿着这种人生轨迹走下去，如果没有遇上周慧琼，他成为一个乡镇长或者成为国家干部是没有一点问题的，因为当时的国家需要像李小三这样的年轻人来建设社会主义的新国家。从某种意义上说，李小三的原型应该留有作者自己成长的影子。

三是情感上可点：在不多的章节里面，作者写了李小三的两

段情感生活。一个是周慧琼。为了服务周慧琼这个大人物角色，作者有意识地安排了李小三的第一段曲折而无奈的情感生活。在和周慧琼的夫妻生活上，作者精心安排了"两个突然"。一是突然宣布和李小三结婚，二是突然宣布和李小三离婚。李小三对周慧琼的感情是专一的，虽然带有很浓厚的个人崇拜成分在里面，但也不乏夫妻之间的真情实感。事业上的支持，生活上的照料，这就是夫妻之间恩爱的具体表现和情深意切的内涵。为什么突然结婚？为什么突然离婚？周慧琼始终是始作俑者，也只有周慧琼最清楚。这样的设计是作者为了塑造人物的鲜明个性而精心安排的。既满足了周慧琼"不是情意缠绵的女子，不是那种将自己束缚在儿女之情的枷锁里不能解脱的庸人，而是一个一心干革命的共产党员"的形象塑造；同时也符合李小三这个小人物的角色安排。因为李小三对貌若天仙，地位又高的国家女干部周慧琼本就十分崇拜，尤其做了周慧琼的丈夫后倍感荣幸，似乎生活在梦境之中，一切以周慧琼为中心，言听计从，百依百顺，李小三既不问周慧琼为什么和自己结婚，也不问周慧琼为什么离婚。甚至在"山下焚尸""抗洪抢险""儿子病危"时，虽然有自己的想法和见解，但是最终都以周慧琼的个人利益为自己的最高利益。

另外一个有情感生活的人是本村的姑娘李兰。这应该本是属于李小三自己应得的真实情感归宿，因为他们相互欣赏，平淡而和谐。

这里揭示的是人生前进途中的挫折和不足，也正揭示了人的成长和自然法则一样，是波浪式前进和发展的，人有缺点才真实，才可爱，从这一点看，李小三是一个重感情的好男人。

二、情节安排，独具匠心

情节的安排决定着作者的艺术构思。为了更好地让李小三这

个小人物也获得鲜活而又典型的生活环境，作者在情节安排上是颇费心机的。

一是地点的选择：

牛迹大队是大青山区最边远的一个大队，山区落后，穷得要命。那时候，许多领导同志选择蹲点的地方，几乎都找山区，穷地方。其好处是可以依葫芦画瓢，学当时的农业典型，有山可挖，像愚公移山一样就光荣。穷嘛，生产上的潜力就越大，越容易出成果；同时边远山区，消息闭塞，最主要的是老百姓忠诚本分。

当然这样的地方也就越可能出故事了。

二是身份的选择：李小三，一个边远山区的大队党支部书记；周慧琼，一个县府的共产党的大书记。从职务上看，他们相差几级。俗话说：官大一级就压死人，何况几级呢。同时他们又是一对货真价实的夫妻，对于周慧琼来说，是为了工作选择了李小三，而李小三呢，面对这个从天上掉下来的仙女，无异乎是董郎遇上了七仙女，周慧琼不仅是自己的领导，更是自己心目中的"神"了。这种领导与被领导的身份，凡人与"神"的身份，夫妻的身份纠结在一起，那么我们看李小三和周慧琼的突然结婚和突然离婚就显得顺理成章了。这又和李小三的特殊的小书记身份是合情合理的，李小三的命运正是农村许多年轻人的典型代表，同时还折射出了当时社会的城乡区别对人的影响，李小三不管怎么样顺从周慧琼，但是终究逃脱不了被"遗弃"的命运。

三是事件的选择：在描述李小三这个小人物有限的篇幅里面，尤其是和周慧琼的工作生活中，作者选择了抗洪抢险不允许李小三回家看病重的小儿子等典型事例，把这对"小冤家"紧紧地拴在了一起；既展示了周慧琼为人处世的风格和工作中的稚

嫩，同时也显现了李小三的善良和懦弱的一面。

四是人名的选择：《人生》里面的角色大大小小几十人，每个人物的名字都体现了作者对人物的主观愿望和独到的见解；多多少少的与人物的性格、身份、地位、个性有着千丝万缕的联系。

周慧琼：慧，聪明，智慧；琼，泛指美玉，也含有洁白的意思。

王为民：为民，为人民服务，一看就是为"公仆"设计的，直白，明确。

赵田：田，以农村为主要内容。

张新：新，既有新社会的新，也是新思想的新，更是鲜奇百怪的新。

刘小茜：茜，本义是草名，含义为红色。

李小三：三，排名老三，仅仅只是一个数字符号，没有一点作者的主观色彩。这正是作者的良苦用心所在。把一个没有一点政治色彩的小人物和有着浓厚政治倾向的大人物安排一起，而且还成了夫妻，有了孩子。一个是为了共产党的事业可以奉献全部的干部子弟，一个是仅仅服从于自己"偶像"的农村普通青年，从这个角度去分析，正是作者为了突出主人公，达到"红花配绿叶"的效果，李小三这片绿叶是恰如其分的"配"到了点子上。

三、故事平凡，耐人寻味

一部好的小说总能让人身临其境，而不像科学报告那么枯燥，作者力图以最优美的文笔，生动的描写和不可思议的想象把故事牢牢地刻在读者的脑海里。

《人生》就是以塑造人物为中心，通过完整故事情节的叙述和深刻的环境描写反映社会生活。

老舍先生曾说过，为什么要选取平凡的故事呢？故事的惊奇是一种炫弄，往往使人专注故事本身的刺激性，而忽视了故事与人生的关系。我们应选取平凡的故事，因为这足以使我们对事事注意，而养成对事事都探求其隐藏真理的习惯。

李小三是《人生》故事中一个可爱的小人物，他的故事比较完整，主要围绕着主人公周慧琼到本大队驻队生活至短暂的六年夫妻生活而展开。虽然作者后来安排了他和李兰成婚，再次步入自己的正常生活，这只是给李小三一个安慰和补偿，给他一个好人有好报的公道罢了。至此李小三的故事几乎合情合理地讲完了。但是李小三的故事却给读者留下了对人生的极大启示：

一是人要有自己的主见。大人物是人，小人物也是人。李小三本来就是农村青年中的优秀代表，如果能够在各个事件中把自己的个人主见阐述出来，并帮忙周慧琼分析利弊的话，其结果至少可以挽回一些负面影响。喜欢一个人要敢于指出她的不足，作为周慧琼的丈夫是最有发言权的，但他并没有。李小三的儿子死去，周慧琼的人生坎坷，作为丈夫的李小三是有责任的，也是应该感到内疚的。

二是人要有自己的理想。理想，是一个十分诱人的词语。人类有了理想，才使世界不断地向前发展；一个人有了理想，才能向着既定的目标不断努力。诗人流沙河有几句诗很值得李小三一类人寻味：

英雄失去理想，蜕作庸人，

可厌地夸耀着当年的功勋；

庸人失去理想，碌碌终生，

可笑地诅咒着眼前的环境。

李小三的不足就是没有远大的理想，如果既现代又传统的农

业庄园是李小三兴建的，而不是周慧琼兴建的该多好。这样李小三就可以摆脱周慧琼的光环笼罩下的阴影，走出自己的新天地，既不受城乡区别的歧视，又不受大官的压抑，更不需要去争一个国家干部的头衔，当自己庄园的主人，带领着牛迹山人奔上建设社会主义新农村的大道，岂不是更具人生价值吗？

请乘理想之马，从此起程。

路上春色正好，天上太阳正晴。

李小三既可爱，又可塑！

一个充满悲情却又恋情的女人

——浅谈长篇小说《回归》中莘夕的人物塑造

　　"爱情也是一种发明，需要不断改良，只是，这种发明跟其他发明不一样，它没有专利权，随时会被人抢走。"

　　半个月来，利用工作之余所有的时间，认真地读了张正义的长篇小说《回归》。里面栩栩如生的众多人物形象似乎就生活在我们身边，笔者也好像呼吸着汾镇忠孝村和永福村混杂的泥土空气，感受着他们（她们）事无顾忌的言谈举止和形态各异的音容笑貌。

　　这是 1992 年，中国的改革开放走到了一个新的起点，社会主义市场经济这个人类历史上从未有过的崭新词汇，凝结了中国共产党人的特殊智慧，展示了中国人民非凡的创造力，这个新时代的到来，必然昭示着人们生活将步入一个新时空。

　　《回归》的作者从这里开始给我们描绘了一幅中国农村崭新的山水画。轻描淡写的农耕细做，浓墨重彩的情感生活，勾勒和白描的众多人物，精雕细刻的故事情节，张弛有度的构思布局，

风趣幽默的地方语言，给我们带来了极其丰富的精神享受。

尤其是对农村爱情的大胆描写，揭示了农村普遍存在的新的爱情观。传统与现代的碰撞，苟且与追求的较量，低俗与真情的博弈，压抑与渴望的矛盾，把读者牵扯到欲罢不能、欲弃不忍的纠结境界，让随着主人公的悲而悲，恨而恨，喜而喜。

这就是长篇小说的魅力所在，《回归》做到了这一点，作者的良苦用心得到了读者的欣赏，从这一点考虑，《回归》已经得到了良好的回报。

爱情故事是作家永恒的主题，也是人们精神世界里力量的源泉，生活的保证。没有爱情的生活是枯燥的，有爱情的生活是甜蜜的，所以世界上任何人都渴望和追求美好的爱情。董永和七仙女，梁山伯与祝英台，罗密欧与朱丽叶，等等。流芳百世的爱情故事一代又一代的传颂至今，给人以无限的憧憬和向往……

维克多·雨果是法国浪漫主义文学运动的领袖，人道主义的代表，是法国文学史上最伟大的作家之一。他一生热爱人民，为穷人伸张正义，为了力图扩大艺术描写的范围，他提出了浪漫主义的美学主张，宣扬滑稽丑怪与崇高优美的对照原则，并把这一主张成功的运用到他的小说中。

《巴黎圣母院》就是这一浪漫主义小说的代表。

长篇小说《回归》没有给读者"序言""后语"以阐明自己创作的意图和写作的动因，也没有作者的简介以阐述其经历、简历、资历。能够给我们可以作为参照物的就是在扉页上庄重的七个大字：献给维克多·雨果。

独具匠心，言简意赅，谜底所在。

作者是否也正是力图运用浪漫主义的美学主张，宣扬滑稽丑怪与崇高优美的对照原则，以此扩大艺术描写的范围，以展现他

所熟悉的一段中国的农村生活呢？答案应该是肯定的。

莘夕是作者笔下众多人物中刻画得最多、内心世界探讨得最深，也是最成功的女性代表之一。

作者多侧面、立体地揭示了莘夕的为人处世、邻里关系、兴趣爱好、情感生活。莘夕的生活，尤其是情感生活中，悲情而又浪漫的色彩十分浓厚。让读者既为她的悲情感到惋惜和同情，同时又为她的眷眷恋情而感到欣慰和高兴。

那么作者是怎样完成对莘夕这个人物的塑造呢？下面我们慢慢品味吧！

一、从莘夕的日常生活看她的情感世界

莘夕嫁到了永福村这个 k 市第一大湾。湾大，风气不太好，偷情挂私的人占了多半以上，就像连锁反应，一个动了头，十个人跟着走。

泥巴沾不上荷花，灰尘却沾得上。莘夕来这是非之地有四五年之久，谁知道她是否洁身自好？

莘夕家在湾中偏西，是间朴实的青瓦民房。房后不宽整，几乎与别家前檐搭后檐。房前却有一个小小的庭院，院子的角落种着一棵绿油油的栀子花树，靠外的位置支撑了一架葡萄藤，藤下错落的阳光里扔着几只小板凳。无藤的另一边则扯了一根铁丝，上面挂着几件小衣服。屋门开着，一眼可见堂上悬挂的新式玻璃中堂，是一幅黄山松泉图，题联为：青松不老春常在，流水堪继秋犹浓。

堂屋两侧各有凳椅，壁上贴了几张纸，一为"忍"字并释文，谓"小不忍则乱大谋，退一步海阔天空"；一为"学"字诗一首，字体都为浮凸式，有几分别致新颖之处。堂屋两边各有一房，一边是莘夕的睡房，一边隔为两段，前段为厨房，后半作为

杂物间。对于小三口之家，这样的房子多少也够用了。

书柜很简单，玻璃门内摆放着半新不旧的平装书籍，一共才两层，书还没放满。书柜上端有一盆假吊兰，除此别无他物。书大半是文学类的，也有两本破损的经文和好像总没翻开过的美学论著。

作者在第二章第一部分的开头，以亲妹妹小娜的眼光将姐姐莘夕的生活环境一一展现在读者面前。短短五百字的情景描述，采用白描手法，对房前屋后里里外外的景致做了概括，一目了然地给读者交代了姐姐莘夕的物质生活和精神追求。莘夕的物质生活一般，一般得和大多数的农家居所的结构、布局、面积别无他样。如果仅仅只做一个良家妇女，相夫教子，安安分分地过日子，莘夕的物质生活基本已经具备了。但是从以上只言片语中读者更加清楚地感受到莘夕的精神追求就不一般了，突出地表现在两个方面，一方面，"忍"和"学"两副字表现出莘夕不一般。不管是城市还是农村，一般居屋挂的图是吉祥和兴旺，常常用"福""财""喜"等字画来点缀和装饰房间，而就是这个莘夕却用"忍"和"学"贴在堂屋的墙壁上，作者别有用心地安排了这个小小的细节，让读者眼睛一亮，不得不把注意力放在这个既平常而又不平凡的女人身上。这个女人不寻常，为什么要"忍"？"忍"什么？这些问号不禁充满读者的脑海，让你不得不废寝忘食地跟着作者的思路读下去，这就是作者的聪明之处，同时也一下把莘夕的内心世界以及精神追求揭示出来。另一方面，书柜里面的书表现出莘夕不是一个普通女孩。社会主义市场经济开始发展，人们找发家致富的书都来不及，而我们可爱的女主人公却在书柜里面放着文学书籍，有看过多次的"经文"和总没翻过的"美学"论著。作者寥寥几笔，把一个与世界格格不入的，陶醉

于自己空幻世界的，日夜追求着真"爱"梦想的女人形象刻画得十分突出，这几笔，对于塑造莘夕悲情却又十分恋情的人物形象增添了极其巧妙的一笔，也为后来的曲折多变的故事情节埋下了伏笔。

由此可见，莘夕的日常生活与平常人没有什么区别，而在精神和情感方面却异常活跃和丰富多彩。

二、从莘夕的情感世界看她的悲情结局

莘夕在湾里永远是人们谈论的主角。在女人的眼里，她是一个"长得跟仙女一样的标致，又讨人喜欢""罕见的素净，似是纤尘不染"的美人，也有女人戏称她"好像是每个男人都对她有意思"尤物；在男人眼里，确实是长得美，是可以带进梦乡"如绿林如染的幽谷"的"黑衣美女"。

其实莘夕是一个再普通不过的农村女人，是一个有夫之妇，有一个几岁的儿子。当年她是不大情愿嫁到永福村的，是她妈妈做主，草草就把她嫁了，开始也不如意，丈夫去上海赚了钱，过着衣食无忧的生活。自己的美丽、漂亮，莘夕是知道的，加上她的物质基础也是比较稳定的，作为一个普通的农村女人，莘夕应该满足、知足；起码女人的虚荣心已经得到了人们最好的量化和羡慕。

但是莘夕是一个不普通的农村女人。她的不普通，反映在她的情感生活中。作者在《回归》中，通篇描述了她和三个男人之间的感情纠葛，生动形象地描述了她渴望爱情的心里路程，以揭示莘夕情感生活方面的多样性和层次感。

薛平：莘夕的丈夫。一个普通的农村男人，在上海打工，赚钱给莘夕丰富的物质生活，保证了莘夕和孩子的经济需求。从物质角度上看，是一个有责任心，顾家的男人；从夫妻感情上看，

他还是喜欢莘夕和听话的男人。但因为莘夕几次提出离婚的诉求后被外面女人诱惑而最终背叛了家庭。

林海建：莘夕的初恋情人。一个靠自己奋斗致富的农村青年。应该是值得大力歌颂的新时代年轻人的先进代表。物质条件好了，可是自己喜欢的女人已经嫁人了，虽然有一份旧情在，但最终难成眷属。可能是作者有意识的运作，也可能是命中有缘，也可能是鬼使神差，和莘夕的妹妹交了朋友，并且在莘夕离走后，林海建还是成了桂花家的女婿，只是不是大姑娘莘夕的老公，而是小姑娘小娜的丈夫。

云峰：又一个农村家境条件比较好的帅小伙，他和林海建不同的是，物质条件好不是自己创造的，而是父亲的功劳。更巧的是，他是莘夕妹妹的前任男朋友。远在四年前，他在哈尔滨偶然一见"黑衣美人"，一见钟情；现在家乡突然相见，当然有了一种失而复得的喜悦。作者于是精心地安排了他和莘夕"路边邂逅""摩托车相抱""医院相吻"等情感变化过程，似乎让人们看到了"有情人终成眷属"的可喜局面。可是还没有来得及让人们拍手叫好，事态就因为"情书风波"而急转之下，云峰还是和他家安排好的姑娘——玢宁，一起比翼双飞，只落下天天盼望真情的莘夕遭到了丈夫外遇，儿子被领养，两个喜欢的男人双双成家，都背离了她的可悲下场。

作者在"邂逅"篇、"有几个一厢情愿"篇、"两个多情的男人"篇、"雨季妇女生活"篇、"遏制"、"光和影"、"试探"、"真正的打击"等篇章中较好地运用了人物对比，环境对比，情感对比，肖像对比等方法，深刻揭示了个中人物的情感变化过程，尤其是莘夕和三个男人的交往，从社会现实，到每个人的生活经历，莘夕所追求的理想王国，所结识的对象，所做出的一切

努力和牺牲，必然是要碰得头破血流的，她的悲情剧，就是她在错误的时间，错误的地点，遇上了错误的人，做了错误的事。她的悲情结局是必然的。

三、从莘夕的悲情结局看她的恋爱观

纵观全书，作者毋庸置疑是喜欢"莘夕"的，从生活的原型出发，林海建，云峰的身上应该留有作者很多爱恨交加的故事情节，但是作者又站在历史的高度，作品塑造人物的高度去展示社会一个时期的现状，试图告诉人们应该弘扬正义，回归理性的道理。所以作者没有刻意美化"莘夕"。"莘"是长的意思，"夕"是日落的时候，"莘夕"两个字连在一起就是长长落落，作者取这两个字放在一起作为书中主人公的名字，不排除作者有突出《回归》主题所阐明的客观规律的目的：世界万事万物都是有其发展规律的，与日月星辰，潮起潮落一样，总在波浪式前进，总要回归到历史的真实面目上来，这应该就是作者用《回归》做题目、用"莘夕"给主人公做名字的真正内涵。如此相互照应、相得益彰，深化了主题，刻画了人物，不禁让人拍案叫绝，叫好。

莘夕的出走是她唯一上策的选择，笔者认为这正是作者的用心良苦之处。一个追求天真无瑕、完美爱情的女人，她从追求的那一刻就已经脱离了社会的实际存在。她对丈夫薛平的不爱是不负责任的，既然不爱就应该选择放弃，既然不放弃，就应该去学着去爱；对林海建、云峰的爱，其中很大程度上是喜欢他们身材的清秀和所谓的冷酷和傲慢外表，还有什么香水的味道，根本没有考虑到其人品、道德、素养就在自己的精神世界里想入非非，做着甜美的梦。其实云峰早就告诉过她，他只是一个"生活优越，心灵匮乏"的男人。从这个角度去思考，一个"心灵匮乏"的人只能算是一个行尸走肉罢了，而莘夕却爱得死去活来，仍在

自以为是的爱情中毫无头绪地碰撞，甚至做了垂死挣扎以"离婚"获得自由，来匹配没有结婚的云峰。但是世俗的樊笼给了她重重的一击，和她"一夜情"后的云峰带着比她更加年轻，更加可爱的玢宁走进了他们早就筑好的鸟巢。

就像众多的中国爱情悲剧那样，一个已经是孩子母亲的莘夕，纵然具有良家妇女所有的秉性和美德，也难能赢得一个风华正茂、无牵无挂、正处在黄金恋爱期间的、不缺钱、有思想的小伙子的欢心。虽然有爱的成分，这种爱大多都停留在容颜和所谓的气质上，既不知道内心世界的真伪，精神层面的品质，更没有做好和离婚女性结合后长期生活的心里准备。

在《回归》中，作者还赋予了女主人公良好的文学功底，多愁善感的诗人情怀，刻画了莘夕别于他人的清高和另类。尤其是《迷神引》词牌后的一首藏头诗："笑我平生意，总爱难了情。奇云荡雁唳，怪峰照鱼影。不堪拭泪印，再叹冷落心。归无一人伴，还缘湿满衿。"既藏头，又斜藏，头仗工整，诗句明了，更让人惊喜的是此诗二仗也工整，词意递进，直抒心意，快语快言。"笑总奇怪，不再归还，我爱云峰，堪叹无缘。"斜藏诗可称为"嵌字诗"，是藏头诗的变体，因为可以避免一些难以开头的字而受到广大藏头诗人的喜爱。

莘夕的"叹无缘"，"笑奇怪"，这一"叹"，叹出了"情以何堪"；这一笑，笑出了"事以有缘"。

莘夕在留给小娜的信中这样写道：

我不愿改变自己，到最后，只能遗弃自己了。我感到很轻松，毕竟，再没有任何需要我这么一个自私的人牵挂的事物了。从此，我只是我自己。

我不是个好女儿，也不是个好姐姐，不是个好妻子，同时也

不能算是个好母亲。我是个失败的人，但那不是我所希望的。我不是想求得你们的原谅，因为我从来就不善于原谅别人。

不畏死，是僵化的灵魂；畏生，是孤绝的心灵。只有不畏生的人才当得是勇敢的人。我是达不到那种地步的，且看能苟活到哪一天。

庆幸的是，我们看见了莘夕的觉醒，她终于知道了她对云峰的爱是肤浅的，是经不起风吹雨打的。如果和云峰的结合，注定没有好结果。倘若云峰真是有情有义，大不了两人私奔，背离父母和乡亲，远走高飞，做一对苦命鸳鸯肯定也会幸福。

作者的对比手法无处不在，美与丑，真与假，善与恶。在《真正的打击》和《喜事还得喜办》篇中，作者精心安排了桂花家小女儿小娜的"出嫁"和大女儿莘夕的"出走"，同样都是一个"出"，可是出的内容却是背道而驰的，"出嫁"是人生一大喜事，"出走"是人生一大悲事。一嫁一走，一喜一悲道出的是人间"福无双至""塞翁失马，焉知祸福"的自然法则。笔者认为，莘夕的出走正是作者寄托给女主人公寻觅幸福生活的又一哲学命题。莘夕的悲情不是因为她太恋情，而是不幸婚姻的枷锁和冲不破的围城所致。现在的莘夕，孩子被寄养了，丈夫出轨了，情人成家了，她也解放了。从这个意义上讲，莘夕的新生活也开始了，我不认为莘夕会看破红尘去死、出家，而是十分相信，这个多情而又恋情的女人，一定会从悲情中总结教训，找到一个能够真正欣赏她，而且她也真正欣赏的男人。有言道：只有病过的人才知道命贵，只有感情受到伤害的人才知道情真。莘夕有才、有貌，如果再加上她的成熟，笔者相信一定会有人会爱上她的，她的新生活一定会是幸福的，也是丰富多彩的。

我想，这也是作者的用心所在吧。

掩卷长思，我们似乎看到的不是一个简单的故事，长篇小说《回归》，通过对莘夕这个充满悲情而又恋情的女人的人物塑造，深刻地揭示了农村女性内心深处的一些活动。无论放在什么时候，什么社会，人的共性是始终存在的，人又是一个天使与魔鬼的综合体，人和人的经历没有相同的，也就是说，社会本身就不可能让所有的人享受同等的待遇。莘夕是众多人物中的一个代表罢了。

"美为真服务"是雨果积极浪漫主义文艺思想的最高概括。长篇小说《回归》对典型人物从外形到内心，从行为到灵魂的刻画以及其中流露出来的鲜明爱憎，又一次展示了作者自觉承担的社会使命和责任。这一点是值得读者尊重和敬佩的。

《回归》是一部六十多万字的长篇小说，从解读人物的关系上，还需要借助清理"族谱"才能够较好地分清楚他们之间的人物关系，有些人物的脸谱化的描述有所雷同，完全可以简减，或者剔除掉，这只是读者的个人见解。

毋庸置疑，瑕不掩瑜，长篇小说《回归》是我们孝感文坛一部描写农村、农业、农民题材的又一力作，是我们研究现代农村精神文明建设的参考书，尤其在探讨农村青年爱情观、价值观、人生观等方面做了深刻的分析，不论在思想性上，还是在艺术性上不失为一部可读的好书。

根植于乡村的说书人

——《辛德井方言评书集》代序

"领导干部要做到清廉，自我约束，敬畏法纪是关键，社会和家人的监督也十分重要，有时候呀，家人的一个指点，一个动作，就可能挽救一个干部的失足。接下来请看方言评书《吴书记的紫金牌》。表演者：辛德井。"

只见一个身穿浅蓝色长衫的人，长了一双炯炯有神的眼睛，迈着矫健的步伐，站在了舞台中央，一拍惊堂木，眉飞色舞地讲了起来……孝感人民广场上，观看演出的人们鸦雀无声，被舞台上这个说评书人的喜笑哀乐所吸引，时而欢声笑语，时而掌声雷动。

以上场景是2015年孝感市首届"槐荫书会"曲艺大赛中的一个片段。

认识辛德井是在这次曲艺大赛前半个月，我们一行五个评委到安陆市去对他们参加曲艺比赛的作品进行初评。虽然是初评，但是辛德井仍然穿着整齐的舞台服装，而且表演一丝不苟，尤其是创作的反腐倡廉的评书段子，赢得了评委的一致好评。

初评下来闲谈间，才知道辛德井已经是七十多岁的老人了，在乡村走街串户说书已经有五十多年，真所谓过的桥比年轻人走的路还多哇。

我十分注重创作题材的思想性，评书表演的艺术性，所以跟辛德井个别交流也比较多。此后，辛德井的新作品通过网络传过来，我们一起切磋，交流和分享。

辛德井的方言评书具有浓厚的乡土气息、鲜明的时代特征、独特的语言风格三个特点。

辛德井的方言评书，大多讲述的是孝感市周边的农村人、农村事。不管是《小车风波》，还是《吴书记的紫金牌》等，说的是农村改革后发生的新变化，出现的新面貌，农村干部反腐倡廉的新气象，新风尚。如《小车风波》作品中通过爷爷奶奶与小孙子对买小轿车的矛盾，风趣地展示了农村新旧思想的碰撞、生活气息、田园景象、乡土人情等，一一呈现在人们眼前，宛如一阵阵浓厚的乡土气息迎风吹来。

《辛德井的评书生涯》中说：

这是一部地地道道的，纯粹乡土气息的书，如果你用文学的眼光去评论这本书，那就会感到很粗糙、浅俗了，我的文化水平并不高，但我来自草根，出入普通百姓之中，百姓的故事由我来写作，更贴近生活，更为现实。

改革开放以后，我才正式领证，走上说书舞台，把"德安评书"带到了安陆、云梦、孝南、应城的广大农村，在艺术道路上才开始正式起步了。

辛德井自幼是个孤儿，由叔叔带大，新中国使他有幸能够识字学文化，酷爱家乡的评书。

五十多年来，辛德井一直一边种田，一边说唱鼓书、评书

等，以农业、农村、农民为主线，一刻不停地进行搜集、改编、整理、创作民间文艺作品一千五百多篇，在乡村、乡镇、县市和各类展演比赛演出三千多场次，并多次获奖。1986年，创作并演出的方言评书《小车风波》获安陆丰收杯文艺汇演一等奖。2013年创作演出的评书《小车风波（续）》获孝感市首届民间文艺大赛一等奖。2015年创作演出的评书《吴书记的紫金牌》获孝感市首届"槐荫书会"曲艺大赛二等奖。2015年创作演出的评书《小峰的农家书屋》获孝感市"书香门第耕读人家"展演活动三等奖。

辛德井的这些获奖作品极具时代特征，从农村的书屋，农村的小车，农村的宴席等多个侧面讴歌了新农村在改革开放以来的新人、新事、新气象，鞭笞了农村的一些旧传统、旧习惯。

辛德井的语言风格幽默风趣。辛德井，1941年出生于安陆市辛榨乡，下份辛村人。安陆生，安陆长，安陆学艺，安陆说书。

由于家庭十分贫困，为生活所迫，又由于本人爱好文艺，1964年开始走上说书生涯。1965年又从师评书老艺人秦东山（晚清秀才，浠水人）学说评书，艺成之后在安陆、应城、云梦等各地乡村说书。

安陆方言属北方方言——江淮官话——黄孝片，黄孝片主要包括湖北省黄冈市的黄州、红安、团风、蕲春、英山、武穴、麻城、罗田、浠水、黄梅，孝感市的孝南、孝昌、安陆、大悟、云梦、应城；武汉市的黄陂区、新洲区，随州市的广水，鄂州市的鄂城；河南省的新县，江西省的九江、瑞昌等地。安陆方言和普通话比较接近，语法出入也较少，但词汇和声调有较大的区别。

安陆历史悠久，据云梦睡虎地出土的秦简《编年记》的记载，战国晚期，"安陆"之名称已经出现。它是楚文化发祥地，

是历史上郧子国、安陆郡（安州）、德安府所在地。历史上安陆古城颇有名望。自古以来这里就商贾云集，文人骚客不远千里涉足来游。李白等著名诗人都在这里留下了众多历史篇章。

因为这里是中国古代众多战争的发生地，同时也是很多次战后人口大迁移的重建地，所以这里的文化深远，形成了中国南北文化的大融合。这里的方言也兼具南北特色。

安陆位于湖北省东北部，地处桐柏山、大洪山余脉的丘陵与江汉平原北部交汇地带。北边与随州、广水接壤，西与京山为邻，南毗应城、云梦，东接孝昌。此区域正处在中国华中腹地，所以方言兼得南腔北调。

安陆特殊的地理位置，特殊的历史状况，造就了安陆的语言。因此，安陆方言评书就成为了孝感一枝独秀的语言奇葩。安陆方言评书因使用口头语言说演，所以在语言运用上，以第三人称的叙述和介绍为主，并在艺术上形成了一套自身独有的程式与规范。念诵大段落对偶句式的骈体韵文，富有音乐性和语言的美感，说演到紧要处或精彩处，常常又会使用"串口"，即使用排比重叠的句式以强化说演效果。在故事的说演上，为了吸引听众，把制造悬念以及使用"关子"和"扣子"作为根本的结构手法。从而使其表演滔滔不绝、头头是道而又环环相扣，引人入胜。表演者要做到这些很不容易，须具备多方面的素养，一要声音洪亮，二要顿挫迟疾。辛德井既是演员又是作者，他的表演过程，往往就是精心构思和不断创作的过程。

在辛德井的方言评书中随处可以找到例证，尤其是方言的运用，生动形象。传神的俏皮话，准确的俗语，抑扬顿挫的语调，绘声绘色的模仿，既有北方人的粗犷大气，也有南方人的细腻诙谐。这也正是辛德井的书场一直受到黄孝片（黄陂孝感一片）人

们喜欢的重要原因之一。

《辛德井方言评书集》精选了作者 1986 年至 2016 年创作并演出的曲艺剧目，三十年艰辛创作，三十万字民俗结晶。本评书集分为人物故事篇、山水名胜篇、反腐倡廉篇、神话幽默篇、参赛书目篇等，配有插图，较好地反映了孝感市民间鲜活的风土人情和积极向上的美好愿景。这部评书集是我省首部以孝感方言演绎的评书集，辛德井先生是我市真正能够根植于乡村的说书人。

孝感是孝文化和楚文化的重要发祥地，有着丰厚的特色文化资源，孕育出许多独具一格的传统民间艺术。这其中，传统曲艺可以说是最为丰富多彩、最为重要的组成部分，在活跃基层人民的文化生活中，一直发挥着不可或缺的作用。

改革开放以来，新的曲艺形式，如相声、小品、说唱等蓬勃兴起，更加丰富了我市曲艺园地的品种，呈现出红花绿叶相映成趣的局面，为活跃我市群众文化生活，推进社会主义精神文明建设，做出了重要的贡献。辛德井及《辛德井方言评书集》为孝感的曲艺百花园增添了灿烂的色彩。

小人物大境界

——浅谈老园丁小小说《小马出书》中小马的人物塑造

作者通过描写小马去省城，联系出版以自己毕生的经历为素材写成的小说——《飘雪的脚印》的过程，着重写了"错乘公汽""文联被扣""小巷住宿""认爹喝酒""醉倒床上""文稿被盗"等故事情节，把一个农村小人物文化人寻找痴迷的"作家梦"的曲折经历描写得生动有趣。表现了作为一个"乡村文化人"写作的艰辛，揭示了社会上一些以貌取人的怪现象，歌颂了乡土作者"笔耕不辍"的乐观精神，突现了"小人物，大境界"的人生主题。

一口气读完这篇小说，虽然不能够马上把握作者的写作意图，但是给我至少留下来几点深刻的印象。

首先，小人物形象突出。其表现为：

一是谨小慎微。和陌生人说话的时候，作者用重复语句描写：嗯，嗯，嗯；行，行，行；联系，联系……把一个既谦卑又怕事的小人物刻画得淋漓尽致。

二是外弱内强。作者对主人公柔软的外表描述得入木三分。

小说在第三自然段有一段叙述："小马其实早就过了花甲之年，即使是用放大镜也难以从他的头上寻觅到一根黑丝。两颊的颧骨高高耸起，整张脸就像鼓儿一样嵌着一张皮，小马虽然有一米七几的身高，但偶尔在磅秤上测量他的体重，总是不足四十五公斤，倘若像出售农副产品那样退去皮重，恐怕只有七八十斤重。"

就是这样一个貌不惊人的"老马"却有着不同于旁人的内心强大。有文字为证：

> 几度风雨
>
> 几度春秋
>
> 风霜雪雨搏激流
>
> 老年壮志不言愁
>
> 金秋梦幻热血铸就
>
> 伤心时秉性留
>
> 秉性留
>
> 为了尊严的微笑
>
> 为了尊严的丰收

还好，或许小马的痴梦还未做到终极，或许他更以为对于一个男人来说，任何的沮丧与失意都是一种无谓的徒劳，投河、吊颈更是一种低级的错误。于是，他等老伴出门后，胡乱地从床上爬起来，胡乱地扒了一碗饭后，就又胡乱地草拟了一个书名——《出书》。

从作者的字里行间我们应该读到了主人公的精神世界是多么坚韧和强大。外表的柔软和内心的强大在主人公身上得到了完美的统一，强烈的对比为塑造人物起到了画龙点睛的作用。

表现手法形式多样。在近万字的小说里面作者以娴熟的形式、多样的表现手法给我们讲了一个痴迷文学创作小马的故事。

一是以第一人称的口气讲述主人公的故事。让读者感到十分亲切，就如同和作者坐在对面倾听一样，容易引起读者的共鸣。

二是用对比的方法升华了主题。除了主人公以外，小说中每个人物都是小马的对比对象。保安的粗暴衬托了小马的善良；张心诚的关心衬托了小马的自尊；青皮的虚伪衬托了小马的童真；甚至老伴廖廖几笔的动作和语言也同样衬托了小马的可爱⋯⋯

三是诗词的运用增添了亮点。在身无分文的窘迫时，作者选择引用了杜甫的《茅屋为秋风所破》的诗句"南村群童欺我老无力，忍能对面为盗贼。公然抱茅入竹去，唇焦口燥呼不得，归来倚杖自叹息"来表达此时的自责、愧疚、无奈等复杂的心理，既刻画了人物的内心世界，又深化了内涵。

老园丁的小说《小马出书》这篇力作，其中更为深刻的内容和引人深思的哲理还有很多很多，笔者就不一一赘述了。但是有一点是很明确的：在文化大发展大繁荣的今天，我们应该支持和鼓励更多的小人物写他们的生活，讲他们的故事，哪怕他们讲故事的能力还很不成熟，都应该向小说中的"张心诚"那样给小人物多做一点实事。

我想，老园丁既然用他的激情和动力写了《小马出书》，是否是寄托了他小人物文人渴望"出书"的愿望呢⋯⋯

临危受命 漩涡 "除恶"

——浅谈李厚华中篇小说《除恶》中邹刚的人物塑造

看见中篇小说集《铁骨忠魂》，我认识了本市公安作家李愿华，从李愿华的作品中，我看到了以邹刚为代表的有血有肉的公安干警的良好形象。作者站在现代改革开放的历史高度，极力塑造了一个"受命于危难之时，奋战于漩涡之中，除恶于仗剑之下"的银都县公安局长邹刚的正面形象，从而反映了公安干警的内心世界和理想信念，让人们了解了公安队伍的现状和工作性质，唤起了人们的正义感，提高了人们的法律意识，起到了社会警示的作用。同时，对公安内部有鼓舞士气、鞭策工作、激励斗志的作用。通过邹刚这个正面形象的塑造让公安干警学有榜样，使不怕流血牺牲、奋斗不止的公安精神和优良传统得到延续和传承。揭示了正义必然战胜邪恶的客观规律。

借着出差的两天时间，我反复读了小说集，极力去理解作者创作和塑造主要人物的动机和出发点，真正理解小说主人公邹刚的公安情怀和伸张正义、除恶为民的力量所在。笔者以为，作者在塑造邹刚这个人物上是十分成功的，主要表现在以下三个方面：

一、主题鲜明，人物个性突出

所谓公安文学，从作品主题上看，必须是反映公安工作和生活的内容，或与公安生活有关联的事情。而其特点之一，是反映的内容和主题充满公安职业的特征，表现领域是特殊的。其特点之二，是具有一定的严肃性和通俗性。这种作品题材从内容和作品特征上看，从一些内容和故事情节上看，多是反映社会和老百姓相关的事情，反映了传统伦理道德和现行法制以及严肃的文化背景，是老百姓想知道而又喜欢的一种文学创作题材，具有通俗性。其特点之三，作品中的审美取向，公安题材的文学作品往往大多来自公安生活，但变成文学作品后，并不是原样的照抄，而是源于生活，经过艺术加工和提炼，而高于生活。

邹刚应该是众多公安干警的优秀代表。作者在这个人物的塑造上可谓是倾注了心血，人物个性十分突出。

一是根正苗红人品好。作者在"银都枪声"中，前面用大量的篇幅描述了银都县的社会治安混乱状况，"四霸六强"肆无忌惮，银都县"成了名副其实的贩毒重灾区、毒品集散地和转卖地"，"公安局情况复杂，银都县党政班子四马不合，近半年来公安局长一职居然一直空缺"，更为严重的是此时一名刑警被害。就在这呼唤"英雄"的时候，作者让邹刚出场了。"出生在一个贫穷的农民家庭。自小啥苦都吃过，是村里孩童的首领"；青年入伍成为了一名人民海军，六年后，转业到市公安局，同事的印象是虚心好学，有强烈的事业心和工作责任感。繁忙工作之余，唯埋头在屋子里博览群书，邹刚文笔率直，对人不卑不亢。作者寥寥数百字把一个身世干净、积极上进、品质纯正、正义低调，既有公安理论研究又具有工作经验的新型公安局长形象跃然纸上，尤其是加上了年龄三十八岁，正是年富力强的时候，外号

"黑子"在这里都用得恰如其分，具有较高的"含金量"。可见作者对于邹刚这个人物的塑造是颇费心机的，丰满了邹刚的人物形象，让读者对邹刚，对银都县充满了无限的期待，更是迫不及待地想读下文。

二是头脑清醒不狂妄。危难受命，党和人民的重托是对一个真正汉子的最好检验。作者从着笔开始就把主人公推入了错综复杂的人际关系的漩涡之中。怎样打开被动局面，怎样破案，怎样处理方方面面的人际关系，怎样除恶为民，这都是邹刚必须要面对的重大难题，也是作者必须要面对的构思、布局难题。

小说人物的塑造需要情节的描写，需要语言的描写，需要环境的描写。作者正是充分利用了小说写作的这些手法和技巧达到了较好的统一，完成了对主人公的塑造。笔者认为，用得最为成功的就是让邹刚头脑清醒不狂妄，谦虚使人进步，骄傲使人落后。在"银都枪声"中，邹刚很清楚组织上要他去银都任职的初衷。此时的邹刚并不是沾沾自喜，而是"不由得认真地审视自己，对自己扫描了一番：我称职吗？上面千条线，下面一根针。银都治安这么严峻，人际关系这么复杂，我是否会辜负银都百姓的期望？""他忐忑不安地给郑方打了电话：……我认真考虑了，我这人缺点不少，不一定合适担任局长之职。"读者读到这里，深为作者这样的一笔拍案叫好。只有知道自己不足的人才会永远进步，才是真正想干事业的人，邹刚之所以能够在半年之内除恶安民，就是因为他才是真正干事业的人。

在"邹刚上任"时作者这样写道：

他在叮嘱了妻子一番后，简单地收拾了行李。他穿着一套休闲装，拎着一个大皮包，没同银都公安局联系，又谢绝了市局刑警支队派车送行，带着一纸调令，独自踏上了开往银都的公

交车。

类似这样的情节，在其他章节中作者也有描述。只有真正把自己当人民公仆的人，才是人民真正喜爱和尊敬的人。作者深知这种当官为民的哲理，所以才能够栩栩如生地塑造出像邹刚这样的好干警形象。

三是文武兼备好身手。武打天下文治国，这是历代王朝兴盛的法宝，也是当今社会考察干部的一条行之有效的标准。作者对公安系统干部政策十分精通，所以在刻画邹刚这个人物的时候，注入了邹刚文武兼备的好身手。

首先，他文思敏捷，满腹经纶。作者在第一章是这样描述邹刚的：

工作繁忙之余，唯埋头在屋子里博览群书，经常写些新闻作品和公安理论研究文章，……常与同事发出感叹；射不善而欲教人，人不学也；行不善而欲谈人，人不听也。

此句出自《尸子·恕》中，射术不精而去教人，别人不会向你学习，品行不正而去议论人，别人不会理睬。在第三章"首战失利"中，邹刚在座谈会上听取入会代表意见后，他脱口而出：

天下之难事，必作于易，天下之大事，必作于细。

此句出自老子《道德经·第六十三章》，意思是说，天下的难事都是从容易的时候发展起来的，天下的大事都是从细小的地方一步步形成的。言外之意是让组织给他时间，看他行动！

说话引经据典是邹刚的一大语言特色，言简意赅是一个领导干部讲话的基本素质。试问没有较高的文学修养，没有较高的理解和诠释古代文学家、思想家的警世名言的能力，能够做到引经据典吗？能够做到言简意赅吗？

其次，他武艺高强，身先士卒。作者在邹刚身上赋予了无限

的阳刚之美和大智大勇。在"初尝战果"章节里，面对狡猾的胡贤武，邹刚亲自上阵展开审讯；在"仗剑除恶"章节里，邹刚果断做出决定，由自己装成拉"皮条"的，深入虎穴；面对贩毒恶匪周乐平正欲抓摸枕下已上膛的"五四"式手枪，邹刚眼疾手快一个箭步，来了个反背大擒拿，使之动弹不得。整个过程前后不足二十秒！

好一个眼疾手快，好一个一个箭步，好一个反背大擒拿，好一个不足二十秒！

作者只用了三十三个字，就把一个身先士卒，武艺高强的邹刚刻画得栩栩如生，让人敬仰。

二、结构严谨，情节环环相扣

小说就是具有一定长度的叙事故事。小说家根据自己对生活的理解和创作目的，把生活素材中诸多的人物、事件、场景，经过选择、增删、润色，按照一定的关系和时空顺序加以重新排列组合，投放在一条直线上叙述出来，组织成娓娓动听的故事。

中篇小说《除恶》的作者就是这样给我们讲述了一个年轻公安局长由危难受命上任，在方方面面矛盾漩涡中勇于搏击，又在各级领导的支持下，带领广大干警仗剑除恶的故事。弘扬了正义，惩治了邪恶，确保了一方社会平安。

小说自始至终围绕中心人物展开情节，使主题在完整的情节描写和人物刻画中表现出来。这是中国小说创作的传统结构形式。它的最大好处就是情节单纯，线索明晰。

一是从章节的标题上看层层递进，紧密相连。作者通过"银都枪声""邹刚上任""首战失利""清理门户""初尝战果""仗剑除恶""雾尽天开"七个章节近六万字干净利索地讲述了"除恶"的来龙去脉，交代了正反势力明暗两条线的较量。正反

几十个人物浓墨淡彩的刻画，让读者清晰地看见了"除恶"的艰难和扣人心弦的较量场面，尤其是邹刚的形象更加丰满和站立了起来。

二是从情节的安排上跌宕起伏，有张有弛。情节从发端—展开—结局直至尾声，环环相扣，所以它的结构形式也可以说是"链条式"的。

作者在故事的开头就给我们留下了一个悬念：

淫雨霏霏的夜晚，郊外的街上，黑影行踪诡秘，凶残的目光，骤然而来的电闪雷鸣。"砰——砰"连开两枪，紧接着两个黑影神速地消失在雨雾中……

场景作为诸叙述方式中最重要的一种，是衡量叙事艺术成就高低的一个标准。中国古代历史演义、英雄传奇、言情等各类题材的小说，无论是以语言为表现重心的"文场"，还是以动作为表现重心的"武场"，都构设出了具有中国特色审美的场景典范。这些典范场景不但构成了小说的核心趣味场，而且在结构方面也发挥着重要的作用。

风高黑夜，电闪雷鸣，神秘的人，刺耳的枪声，作者善用环境渲染，开门见山地把一个疑问留给了读者，读者也就跟着作者的思路走进了小说中的故事，走进了故事中的人物。

有了命案，就有人破案。随后作者紧紧抓住郭小华之死，王佳失踪，邹刚赴任，首战失败，杨微出场，胡贤武出逃，第一行动方案泄密，抓凶手，查内鬼，清理门户等情节展开叙述，直至雾尽天开。光大酒店开赌，逼良为娼，印制假币一一浮出水面，贩卖毒品的沈义龙最终被擒。其中，一个疑问接着一个疑问，一波未平，一波又起，跌宕起伏，张弛有度。通过公安内部的混乱情节的描述，把处在斗争漩涡中的邹刚的理智与决断，勇敢与谋

略，责任与信念，情感与事业展示得淋漓尽致。魔高一尺，道高一丈。这样的结构布局，为成功地塑造邹刚这个人物形象起到了反面衬托的作用。

三、叙述简练，语言妙语连珠

小说是通过人物的塑造和情节、环境的描述来表现社会生活矛盾的文学体裁，必须用不同的词汇恰到好处地描写不同的人物、不同的事件，使诸多人物的音容笑貌、性格特点生灵活现地展示在读者的面前，人物语言是刻画性格的重要手段之一，作者在创作中，必须要根据不同人物的不同阶级、职业、经历、生活习惯、思想感情和精神状态，选择富有个性化的人物语言，表现人物不同的性格特征，塑造出典型的人物形象来。

纵观中篇小说《除恶》的语言，通篇叙述、描写给人以简练、干净之感。正是出自警官学院的副教授，法学学士的李愿华才能够用具有公安警察的语言写出这样公安语言的小说。其语言特点是准确简洁，语言风格是含蓄深刻。

一是警句，古训耐人寻味。作者充分展示了自己博览群书的特点和理性思辨能力。在中篇小说《除恶》的描述中，较好地运用了警句和古训的语言来刻画鲜明的人物形象，表达作者的喜怒哀乐和立场观点。第三章"首战失利"中，邹刚秘密布置的事情却漏了出去，觉得甚荒唐时，引出了"矩不正，不可以为方，规不正，不可以为圆"这句古训，道出了仅有规矩还不很准确，规矩的本身必须要达到方圆的标准。这句古训出自《淮南子·诠言训》，是西汉知名思想家、文学家，刘邦的孙子刘安所编。小说中这样的语言似乎是一笔带过，其实正是反映了邹刚的治警严明的领导才能。

二是贤文、格言发人深省。小说是客观性的语言，作者有怎

样的思想感情，并不站出来说，而是让人物、情节代替作者说。在"银都枪声"章节中，作者在结尾时写到：

精明的人是精细考虑他自己利益的人；智慧的人是精细考虑他人利益的人。

一语中的，从贤文、格言的角度描述了邹刚是一个富有智慧的人，而不是属于精明人的行列，也让读者知道了，精明和智慧的区别。

扬善惩恶，是公安文学的主题。古往今来，涉及扬善惩恶主题的中外文学作品众多。文学就是人学，文学势必要涉及人性的剖析，涉及"善"与"恶"这人类天性的两面。其实，善与恶的概念是十分微妙的，它既相互对立而又和谐地统一于人的本性中。人类自诞生起，就开始了人性中的善与恶之争，开始了人类对善的褒扬和对恶的唾弃。文学作品忠实地记载了人类这一自然的情感体验。

由此可见，中篇小说《除恶》的作者以塑造人物形象为中心，通过故事情节的叙述和环境的描写反映公安工作和生活。用最精练的文字，娴熟地运用小说的结构、情节、语言塑造了临危受命，扬善除恶的公安局长邹刚的形象。除恶是成功的，扬善更是成功的。

读者衷心希望作者在今后公安文学的创作中，找准新时代邪恶势力的新形式、新特点。正面人物的塑造是在反面人物的狡猾、恶毒、欺骗性、隐蔽性的基础上凸现出来的。反面人物越狡猾，正面人物就越富有智慧。

公安文学是以讴歌人民警察、塑造人民警察形象、记录公安工作历程为要务的。公安文学高扬时代主旋律，把握主基调，是社会主义核心价值体系不可缺少的部分。繁荣公安文学创作，对

于凝聚警心、激励斗志、弘扬正气、树立形象、密切警民关系有着积极的推动作用。

我们渴望更多的"邹刚"除恶扬善，保卫新时代的胜利果实。

姹紫嫣红的花开季节

——简评吴静的长篇小说《花开季节》

得到吴静的长篇小说《花开季节》感到很惊喜，一是她的杂文集《握手》前年刚刚出版，现在又看见了由长江出版社出版她的长篇小说《花开季节》，对于一个业余作者来说时间之短实属罕见；二是以写散文著长的她，居然写了小说，而且动笔就是长篇巨作，真是让人钦佩。

以银行为题材的长篇小说，出版的不是很多，此前曾读过几部，大都是反映金融行业在改革开放中围绕"金钱"尔虞我诈的商战书。近读吴静金融题材的长篇新作《花开季节》则让人耳目一新，感觉一群普普通通的"工行人"的工作、爱情、婚姻生活跃然纸上，她们的故事似乎离我们很远，但似乎又在我们身边。读来想去，哦，原来"工行人"除了工作比较神秘之外，也和普通老百姓一样，既有"七情六欲"，也向往完美的精神生活。

《花开季节》由"花之蕾""花之魅""花之魁"三大章组成，一百五十一个小节，四十个人物，共计三十五万字。作者着力描述了一群九十年代初的女知识分子形象，讲述了她们从出了

"学校门"到走进"银行门"的二十多年工作生活的有趣故事，展示了她们在银行改革的汹涌大潮中，挣扎、拼搏、奋斗的种种轨迹，揭示了"工行"特殊的改革和发展规律，塑造了以官蕾、艾凝、严小黎、奚兰欣等为代表的一批基层银行各个层次的典型人物，表现了"工行人"潜藏的人生美学价值和当代的物质需求、精神取向，歌颂了"工行人"为国分忧、勇于担当、甘于奉献的精神风貌。作者采用的是一种熟悉自身生活、高于自身生活的创作原则，掌控人性与个性的发展尺寸，通篇展现的是人们美好生活的正能量，所以长篇小说的意义和审美价值，比原来简单的铺叙有所提升。

故事中的四个女性在成长过程中像器皿中充盈的水，在我心中不断地沸腾和升华，我一直着迷她们的姿态，关注她们不同的沸点，她们虽然都是女孩子，却是站在浪尖的时代弄潮儿。

小说是作者个人人生经验的独特书写，既要有历史生活的厚度，还要有现实思想的深度。需要作者对整个宏观的人生脉络和细微的末梢神经都有独到的哲学感悟，这种感悟是需要作者从时间的长河中洗磨、提炼出来的。不像散文或者诗歌那样只需要抓住生活的细枝末叶就可以发表感慨和无限遐想。

有人说，童年是梦，少年是歌，青年是诗，那么中年就是一部小说。看着镜中的容颜，留念着心中太多的不舍，作者就是在成为一部小说的年龄，写了一部属于"工行人"的小说，也是属于中年人的小说。作者说："自己这一生究竟应该干些什么有意义的事呢？俗话说，人过四十不学艺。而且，年轻时候很多很多的想法就像那随风而逝的初恋一样，于是，我迫使自己拿起笔，用心写下了人生路上的点点滴滴……"

"诚然，写作的过程注定是艰辛而又令人着迷的。当我把自己所有情感积蓄熔铸于笔端时，却惊奇地发现，她们的悲就是我的悲，她们的乐就是我的乐。我常常被书中的人物感动得涕泪涟涟，无法继续执笔，但强烈的使命感又驱使我以最快的速度释放自己的感慨，来丰满她们的容颜。在痛苦与快乐的双重煎熬中，我用了近十年的时间孕育并诞生了这个'孩子'！尘埃落定之时，身体却极度疲惫和空亏，颈椎病让我备受煎熬，视力也越来越模糊。当我捧着这个'孩子'的时候，欣慰和快乐之情油然而生，我觉得所有的付出都是值得的，因为她让我觉得美好和幸福！"

人到中年，唯心独醉；扬手是冬，落手是夏；左键是春，右键是秋。在这一扬一落之间，作者刻画着年轮的印迹；在这左键右键之中，书写着人生的精华。作者这么用心执著，完成长篇小说《花开季节》自然是水到渠成了。仅仅这一点，《花开季节》就值得一睹为快。

一看这个书名，就能知道这部长篇小说写的是年轻人的故事，它没有贴上"金融"或者"银行"的标签，讲述的是我们改革时代矛盾冲突最为集中剧烈、最引人注目、最有典型意义的现实题材。这个题材通常是我们的作者非常感兴趣，却总是知之甚少的题材。可以说，《花开季节》并不是写金融题材的第一部小说，却是最另类的金融题材的小说之一。很直接的原因就是作者对金融界生活的熟悉，对金融业务的熟悉，对这个行业文化的熟悉。作者及其闺蜜、家人都是从事金融的工作者，也肯定是在金融改革中领头的老"工行人"。这样的专业背景和经历，让我们对这部作品的故事和叙述产生了基本的信任感。

仿佛抓到了创作规律似的，都知道写小说需要编出一个好故事。现在写小说的人特别多，编故事的人也就特别多。我们也知

道，好故事不可能那么多，于是我们就知道，好多人是在编故事，编一些看上去很可读，其实一点也不可信的故事。所以，我在阅读故事的同时，也格外注意作者描述生活细节以及专业特点的真实性，以取得基本的信任。在今天，寻求并获得这样的阅读信任已变得非常重要，很多时候，甚至比故事情节更重要。否则，会被严重误导。

《花开季节》正是读者能信任的那种小说。作者在讲叙故事时，自然而然地就把银行业的许多工作特点带了出来，把这个行业从业人员的思想特征、个性特征也带了出来。她没有刻意要表达这种特征，但由于对生活的熟悉，在字里行间就自然流露出来了。值得我们注意的是，作者在讲述故事、塑造人物时那种节奏与分寸的准确把握，都能表明她对这个行业本质的深刻认识。可以说，作者是在厚实的行业文化基础上架构小说故事的。当然，我们需要这样的文化特征更突出、更浓郁一些。

长篇小说《花开季节》还有一个突出的亮点就是在人物塑造上有新意。读者注意到，女市长官蕾、女老板艾凝、女行长严小黎、女员工奚兰欣这几个形象是作者着力去塑造的，倾注了很深的感情。从对她们美丽温柔的外形描写中，就可以看出作者的某些偏爱。让这几个有点理想化的形象与严峻现实形成鲜明对比，造成一种"出淤泥而不染"的清新效果。正是因为作者有着深厚的生活积累，人物塑造有着充分的现实依据，所以我们能够和这样的人物沟通，认可人物的理想化成分。官蕾的气质决定了她不是一个女强人的形象，但不等于她没有坚强的意志和不屈的精神；不等于她没有代表最广大人民群众利益的先进执政理念；艾凝看上去是一个女强人的性格，但不等于她没有女人的柔情百媚；严小黎看上去是一个书生气十足的弱女子，但不等于她没有

中国女人的坚忍不拔，积极向上的美德；奚兰欣看上去大大咧咧，似无心计，但不等于她没有聪明睿智的头脑和大智若愚的胸怀。事实上，她们的工作能力与技巧可能比一般的女强人更有个性、更有特色，也可能更接近现实。看得出，作者并没有刻意拔高这些女主人公，而是让她们处于真实环境中。作品的分寸感在这里也可见一斑。她们是有血有肉的，是立得住的。不过其他正面人物写得就有些脸谱化，特别是高俊阳、童宏启、金墨青、聂孝峰四个男人就比较模式化，给读者的印象就不那么深刻了。

作者背负着对现实社会沉重的感受和思考，力图通过小说表达对银行前途和命运的一种关爱和期盼，其创作的动机和实践本身就表现着积极进取的精神。

小说在选题上另辟蹊径。事实上，人们常常用简单的、外在的、直观的方式来观察和了解银行，印象不免有些肤浅，感觉银行就像一个城堡，外表富丽堂皇、非同一般，而其内部是那样的神神秘秘，蒙蒙胧胧。这就更加激发了大家对银行的好奇心和想象力。人们了解银行的渴求与日俱增，银行成了人们议论和探究的热点。令人感到欣喜的是，作者的创作选题和人们的这一渴求达到了欣喜的默契。作者精心选取了几个典型的故事，将银行生动的生活画卷展示在读者眼前，让读者轻松地领略到银行人的思想、情感、追求和渴望。作者写人、写事、写情、写义举重若轻、收放自如，荡气回肠、动人心魄。值得一提的是，《花开季节》不是一种"随大流"的小说，而是一部社会责任感强、引人思索的小说，具有积极向上的认识价值。

实事求是地说，当代能够打动读者、引人注目的优秀金融题材小说并不多见。俗话说，隔行如隔山。由于金融题材较难把握，专业作家很少有人介入金融题材小说的创作。吴静是工行

人，工行人写工行人自然有着得天独厚的优势。毫无疑问，《花开季节》是当代金融题材小说创作的一个重要而有益的尝试。我想，当代小说需要更多的像《花开季节》这样的作品来弥补空白和增加亮点。

《花开季节》的立意十分深刻，体现了作者一种强烈的正义感和春色满园关不住的情怀。我觉得，对于一个写作的人来讲，拥有写作的技巧和能力固然十分重要，但是，如果我们就此而止步，只能算写手，而不能称为优秀的作家。优秀的作家应该具有最起码的社会责任感和担当意识。从小说的字里行间，我们可以看到作者积极乐观的生活态度和主人翁情怀。作者试图通过塑造小说的人物形象，倡导一种社会责任感和崇高的职业精神，表达了作者对银行美好前景的坚定信心和良好祝愿。

作者在人物塑造上有独到之处。《花开季节》集中刻画了官蕾、艾凝、严小黎、奚兰欣等人物的不同性格和复杂的内心世界。作者对各种人物所投入的笔墨主次分明。作者重点塑造了四个人物。

官蕾，中南财经大学的优秀生，是一个喜欢过平凡而又和谐生活的聪慧女人。她坚守着一个信条是"附加条件的爱情不纯真，特别是附加了金钱、门第等有价的爱情总会随行就市，平凡的人折腾不起，生活还是平淡一点好"。她不管是就业选择，还是寻觅另一半，不管是儿子取名，还是岗位升迁，不管是对待老同事，还是结识新朋友，不管是在官场，还是在民间，不管是在爱人面前，还是在闺蜜之中，都显示了她审时度势，虚怀若谷，理性处事的大将风度。官蕾曾说过："很多人是吃软不吃硬的，当对方强势时，自己心中的'刺'会随着愤怒的因子全部张开，勇往直前，而当你示弱时反会得到别人内心的温存，没准会放你

一马。"她成熟、聪慧的秉性为她最后成为女市长做了很好的铺垫。作者把这样一个女人描写得十分完美，这是作者心中的女神，也是人们心中的女神。这个理想化的人物，写出了作者对美好生活的追求和向往。

艾凝是一个气质高雅而又叛逆的工行知识女性。

她穿着洁白的雪纺绸，脖子上系着粉色丝巾，下穿花格短裤，脚上套着雕花镂空的中跟皮鞋，简单、新潮，像含苞的花儿，美丽大方。

出生于军分区大院的"千金小姐"，生活的优裕已让人羡慕，青春貌美的容颜更让同龄人嫉妒，安逸舒适的工作岗位得心应手。正是这样一个可以得风得雨的美女，作者却为她安排了不少精彩的叛逆情节。"只身襄樊读电大""追求真爱辞职下广州""异地打拼开美食馆""披金戴甲回故乡""隆重盛会办婚礼""银企联姻搞投资"等情节，多侧面地折射出叛逆女性的人格魅力，读到有关情节，会为她坎坷的经历惋惜，又会为她的柳暗花明，事业成功而点赞，让人们在不理解中理解其事其人，让人们在她的叛逆中感受其忧其喜。她是一个敢于经风雨、见世面，在改革潮流中勇立潮头的典型代表。

严小黎，南开大学中文系毕业生，也是一个"天姿秀丽的女孩，有着美好修长的胳膊和皎洁的面庞，用小黎妈妈的话说，我们家小黎是上天送来的安琪儿，皮肤洁如凝脂，眼眸黑如宝石，天然的卷发"。但是柔弱的身体，并不浪漫的婚姻，如同林妹妹在世，让人好生怜悯之心。正是这样一个女性，却有着不平凡的工作业绩和晚秋的爱情之果。

熟悉银行发展史的人都知道，"理想状态下，金融在幕后默默运行；但风云突变时，金融部门危机将痛苦地浮出水面。"这

是世界银行在一份报告《金融与增长：变动世界中的政策选择》中，对金融发展影响经济健康成长重要作用的描述。

严小黎不是一个完美的人，作者把她塑造成真正接地气的人物，读者甚是喜欢，这也是作者给我们塑造得最为成功的人物之一。严小黎才是千千万万个"银行人"的优秀代表，严小黎这个行长看得见摸得着，她的人品，她的工作，正是千千万万个工行人的真实缩写。

奚兰欣是长篇小说中的四朵鲜花之一：

……高挑的女孩子，杏眼，棕色皮肤，制服上衣，牛仔裤，绝对的健康美女。

作者对她虽然着墨不多，但她仍然具有一定的代表性。她虽然来自农村，但是她吃苦耐劳，从服务员做起，在打破铁饭碗，凭本事上岗的时代，她的聪明才智得到了充分的发挥。她勤学苦练使其取得了长足的进步，一举成了省内同行业的"点钞状元"。她虽然没有大学文凭，说话不会拐弯抹角，面对大城市里"省劳动模范"的公婆，仍然不卑不亢，真诚相待，成为了婆媳关系处理得最融洽的婆婆媳妇，传为美谈佳话。奚兰欣是整个长篇小说中不可缺少的一个人物，作者对这个人物的塑造就比较完整地展示了工行人上中下各个层面人的生活态度，人生观、价值观和爱情观；既突出了重点，又兼顾了一般，可谓构思缜密，选材精准。

显而易见，在这些人物的身上寄托着作者的理想和追求。我们在小说中每一个人物身上都看到作者的精心设计和良苦用心。

作者在小说的细节描写上，下了不小功夫。在这部小说的写作过程中，作者数易其稿，对小说的细节进行了精心打磨。小说中有许许多多生动的细节描写，环环相扣，从容不迫，有板有眼，鲜活而又真实。例如严小黎第一次淋雨是在她大学毕业后，

追寻着心中白马王子的足迹来到了广州，谁知道白马王子的胳膊被一个美丽的女孩子纤秀的胳膊吊着时，她放下了雨伞，任细雨淋湿她的头发，任细雨溅进她的灵魂。作者用了一个"放"，两个"任"字，形象逼真地把人物丢掉旧爱、重新找一个栖息地的决心显现得淋漓尽致。严小黎第二次淋雨是在办公室里被大她十五的王主任从身后轻轻地将她裹在宽阔的怀中时，她冲进雨帘，站在雨中不动了，她仰着头，闭着眼睛，任凭雷雨洗涤她的心灵。作者运用了一个"冲"，一个"站"，一个"仰"，一个"闭"，四个动词，生动细腻地揭示了严小黎愤怒、委屈、坚强的人物性格。

又如官蕾与高俊阳谈情说爱时，作者这样描述着：

官蕾的头埋在他的怀中像只小猫一样蹭了两蹭，然后仰起了头，他的脸颊贴着她。……官蕾浅笑了一下，小酒窝圆圆的，充盈着喜庆，突然凑过来，在他的脸上"啄"了一下。

"埋""蹭""仰""贴""啄"，作者对官蕾这一连串行为动词的应用，语言精炼，表达精确，细致入微。把一对恋人恩爱有加，甜蜜四溢的幸福场景描述得栩栩如生，让人读后深刻感受到，甜蜜的爱情是多么让人羡慕。从另外一个侧面展现了官蕾对情感生活的热爱和向往，同时又展现了官蕾小女人般柔情似水、小鸟依人、善解人意的美好一面。这些描写真实而贴切。在这部小说里，任何一个细节描写都跟情节的展开和人物性格的表现密切相关，小说里绘声绘色的细节描写配合着故事情节的跌宕起伏，使人颇有不忍释卷之感。绘声绘色的细腻笔触把一个个细节鲜明生动地展现在读者面前，这是这本书突出的艺术特点之一。书中作者讲述的恋爱技巧和哲理名言比比皆是，大有学习和搜集之用，从中也看出作者的恋爱学和哲学功底相当了得。

女人如花，花有四季，花开季节需要阳光的照射，雨露的滋润，花才会越开越鲜艳。官蕾，艾凝，严小黎，奚兰欣，她们的成长无疑都是时代阳光的沐浴，行业的光顾和他们的男人精心的呵护才开花结果的。

《花开季节》不能少了梅、兰、竹、菊，它们的傲、幽、坚、淡成为中国人感物喻志，负载传情的象征，也是咏物诗和文人画中最常见的题材。正是作者这样巧妙的寓意，让人们联想到了花中四君子，花开季节，官蕾如梅，艾凝如兰，严小黎如竹，奚兰欣如菊。似乎又不很确切，似乎她们相互交融，你中有我，我中有你，难以决然分开。梅兰竹菊既有它们各自的特点，又有它们各自的相同点；官蕾，艾凝，严小黎，奚兰欣她们积极向上的工作态度是相同的。追求真爱的情感世界是相同的。不同的只是工作的岗位，一个是市长，一个是行长，一个是老板，一个是员工，恋爱的进程也不同，一个是完美型，一个是执著型，一个是坎坷型，一个是简单型。

人们对往事的记叙和回忆总是带有二次创作的色彩。尤其是行业小说里面写人写事，已经不单单是反映人性，往往对于某个行业生态图景也会有所反映，从某种意义上说，行业小说更能反映当下社会的一些情况。当然，也许由于作者并非专业写手，有的章节会感觉文笔粗糙一些，对人物的刻画较为简单一些。这点值得作者继续在写作的道路上与时俱进，慢慢改进。

不管怎么样，花开季节，姹紫嫣红，群芳斗艳，赏心悦目。而人于花的最大不同就在于人的花季一去不返，而花的花季，却年年岁岁可以再生。读完吴静的长篇小说《花开季节》，让人感觉又年轻了一半，追忆往事，流连忘返，苦乐有味；展望未来，把握今天，且行且珍惜。

隔空对话　古今共赏

——浅谈周芳散文集《沽酒与何人》

谈起作者，我们比较熟悉。每年市文联举行几次活动，我们都可以见面，同桌而坐，寒暄几句；有时候在上下班的路上遇见了，她总是停下匆忙的脚步，站在原地，嫣然一笑，满脸的"温良恭俭让"，让人惬意半天。

谈到作者的散文作品，我们也不陌生。从四年前的第一本散文作品集《执手何须倾城》，到获得冰心散文文学奖的单篇文章，她的作品我可以经常拜读，甚至可以在她的 QQ 空间里欣赏到她的新作。

《沽酒与何人》，这应该是她的第二本散文集。这书名挺怪异的，一个娇小女人平时滴酒不沾，什么时候和酒建立了"感情"呢？沽酒为甚？何人指谁？在去上班的行程内，我的脑海里一直萦绕着这个问题不得其解。到了办公室，我一改平时抹桌擦椅整衣冠，一杯绿茶细细品，电脑资讯慢慢看的作息程序，迫不及待地细读了全文。

我读书有一个"习惯"，不想先入为主。总希望用自己空白

的心灵去阅读一本书，与作者的书中主人公，同呼吸、共命运，去体会作者创作的心路历程，去寻找那个能够震撼我内心深处的共鸣箱，从中获得愉悦和营养。

《沽酒与何人》是一个例外，我首先拜读了书的前言。

《沽酒与何人》由"悠悠乡愁何日休""一片冰心在玉壶""闲散人生度光阴""除却巫山不是云"四卷组成，共计五十四篇文章，十万多字。

作者在本书的布局谋篇上颇费匠心，五十四篇文章都"以唐人名句为篇名，辅之以揭示其现代性思考的副标题。正文以带有标题名句的诗句开头，品诗悟诗，借诗发挥，重心不在对诗的单纯赏析和学理性阐发，而是现代性领悟。"

一个人做好事并不难，难的是一辈子做好事；一篇文章可以做到以唐诗名句为篇名，难的是一本书中的每篇文章，都是用唐诗名句做篇名。作者正是在唐诗和现代生活中，感悟到了许多相通的途径和道理，在五万多首唐诗中游刃有余，并在现代思考中信手拈来，左右逢源，隔空对话，古今共赏。

当我们阅读《沽酒与何人》这本散文集时，一股清新的空气飘然而至，一种别样的格局映入眼帘，顿时使人心旷神怡，赏心悦目。清一色的唐诗名句做标题，五十四篇人生感悟都用唐诗做佐证，每篇"地道的现代散文戴上一顶顶'古诗赏析'的帽子"，一下子穿越了时空，拉近了千年历史的距离，仿佛唐朝诗歌协会的李白、杜甫、白居易、司空图等大家与我们作家协会的会员们一起，席地而坐，对酒当歌，纵论家事、国事、天下事，其乐融融，不亦乐乎。这不仅是语文老师的惯性思想使然，也是唐诗给人陶冶情操、提升素养的具体表现，更是作者"腹有诗书气自华"的自我修炼、自我完善的具体体现。这样的体裁表达方式不

失为是一种创新，这样的创新其起点之高，难度之大是一般作家无法企及的。

《沽酒与何人》之所以能够做到隔空对话，古今共赏，读者以为，突出地表现在这以下几个方面。

一、真情实感，"情"字当头

所谓散文的"意境"，就是作者在文章中所流露出来的思想感情。作者通过对具体人物或者事物的描写，借景以抒情，托物以言志，因事以明理。

《沽酒与何人》如果用"情"来归纳的话，那就是卷一"悠悠乡愁何日休"的"亲情"，卷二"一片冰心在玉壶"的"民情"，卷三"闲散人生度光阴"的"友情"，卷四"除却巫山不是云"的"爱情"。

《复恐匆匆说不尽，行人临发又开封——谁在暗箱操作他的神经》中，作者这样描写：

说张籍：

一双慌乱手一颗疑惑心：别走，待我再看看。他拉住欲行的捎信人，拆开了信封口。他长舒了一口气，还好，未曾遗漏。刚一转身，他又猛然醒悟，呀，真的有所遗漏。小跑折回，低头疾书，再封了信封口，再转身，再折回，再担忧，别走，待我再看看。

说女朋友：

每次将信投进街旁的信箱，她都会站立许久。有时，半夜三更里，她突然就从床上爬起，飞奔到信箱边守着——会不会有个调皮孩子向信箱里投了划着的火柴呢？她太紧张了！

说父亲：

父亲的电话又来了，我一接，他说："哦，怎么又拨错了。"

我说："你不记得我的号码？"他说："记得呀，我背给你听……"他背得很流畅，那十一个数字安好无缺地存放在他的嘴边，但他一错再错，就像间歇性发作的某场疾病。他本意要打通别人的电话，只是，手指一拨上号码，就拨到了属于我的那十一个数字。

在这里，作者用简单而又精准的文字，把古代张籍拆信封的"痴迷"，女朋友守信箱的"神经"，父亲拨错号码的"忘情"这三件事情有机地叠加在一起，寥寥数字，上下对应，把对故乡的眷念之情，对恋人的相思之情，对女儿的牵挂之情描述得入木三分，精准到位。作者似乎讲的就是你我的故事，让人读了产生极大的共鸣。这就是作者文章的"情"字当头，感人肺腑之处。张籍的"痴迷"，女朋友的"神经"，父亲的"忘情"一定无数次感动过作者，作者通过她对唐诗《秋思·张籍》的解读，对女朋友"半夜三更飞奔到信箱边守候"的理解，对父亲经常"拨错电话号码"的深思，"情"不自禁地进行二度创作，让读者能够感受到其情之切、意之浓的"情感"世界是多么温馨，多么赏心悦目，多么崇高和伟大。

类似这样的多情之作，在书中颇有表现。如《不为困穷宁有此，只缘恐惧转须亲——小枣子，大情怀》，作者对杜甫的《又呈吴郎》中"同是天涯穷困人，共枣共食共扶持"的悲天悯人之情；以及作者对广场上拾瓶者中，五十多岁油腻腻的机警男人和三十多岁的哑巴瘸脚女人，在拾瓶过程中的片段描述，道出了"一个微弱的群体，也有他自己的气场：善"，淋漓尽致地展示了社会底层人的求生欲望和豁达开朗的人生态度，这些无不显露出作者的敏锐眼光和忧民之情。

《沽酒与何人》正是把唐诗中的喜怒哀乐和当代人的喜怒哀乐融为一体，摘取精彩片段，进行细致的描述，使读者如亲临其

境，感同身受，引起心灵的强烈共鸣。这也是作者心中喜怒哀乐境界的高度统一，是外物内情的自然融合，更是饱含作者感情的艺术再现。

二、高筑建瓴，"妙"在其中

散文是一种综合的艺术，不管从什么样的表现层面去理解，它都和作家的经历、艺术构思、思维取向、审美情趣和潜在意识有着密切的关系，结构的类型和表现形态往往是多种多样且变化交错的。

《沽酒与何人》在构筑它的大厦时，以唐诗作为整个大厦的浑厚基石，着以古香古色的色彩韵调，配上现代科技的光、电、声，融合最先进的"砖瓦石"，给我们搭建了一个气势宏大的宫殿，里面既有高山河流的奔腾，也有曲幽通径的舒缓。这种散文结构美的神韵，美不胜收。

《无限旱苗枯欲尽，悠悠闲处作奇峰——救救我的肠胃》篇一共有十九个自然段。第一自然段"老天爷啊，行行好，降一场大雨吧！"仅仅十三个字，给读者勾勒了一个清晰的画面：黄土地干裂如沟壑。男女老少三叩九拜，祈求老天爷快快降雨。

从第三自然段到第六自然段作者笔锋一转，没有写雨，而是对"云"进行了多处描写，写杜甫对春雨恩泽的赞美与云弄姿作态的讥讽，写欧洲诗人莱蒙托夫、雪莱和唐朝诗人来鹄对云不同的解读和理解。

第七到第九自然段作者笔锋一跳，仍然没有写雨，而是对新版《红楼梦》中的大雪飞，满地白进行了一番阐述，指出瑞雪只是达官贵人酒足饭饱后的欣赏物，哪知"长安有贫者，为瑞不易多"，落脚到唐诗人罗隐对道貌岸然的权势者的当头一棒，撕裂这"仁者"的假模假样，直抒胸臆地道出这纯粹是一个行政无为

的昏官！

从第十自然段到全文结束，作者通过前九个自然段的铺垫、陈述，把读者平缓地引入了"主题"，然后笔锋一挑，引出"救救我们的肠我们的胃"这个事关现代人身体健康的民生命题，让读者至此为之一振。原来求雨，话雪，谈云这些意象与我们的肠胃有如此的关联，自然而然地让读者跟随着作者的思路去一探究竟了。

作者旗帜鲜明的指出：

我们的个别行政者，不作为，乐于作来鹊的"云"，悠悠闲处作奇峰。问题猪，问题蛋，苏丹红，瘦肉精，地沟油等突破一道道监督防线，直捣百姓餐桌！

写到此，作者大声疾呼：救救我们的肠胃吧！

如果说开头是写百姓对老天爷祈求下雨的话，这里则是作者对当前个别不作为的为官者的大声呵斥：你们接地气吗？你们真正为群众办事吗？以此道出了人民群众的心声。

回过头来，我们再看谋篇布局，作者的思绪驰骋在千年的时空当中，把"云""雪""雨"喻意为"不作为""欣赏品""干实事"；内容涉及历史典故，现实风貌，风土人情，奇闻逸事；人物众多，有古代的，有现代的，有中国的，也有外国的。从叙事手法上，有直叙，有倒叙，有夹叙夹议，应有尽有，信息量大，充分表现了散文时间跨度大、空间转换广、事件牵涉多、表达方式活、结构全文巧的五大特点。以不同的结构方式互为宾主、互为补充、交相渗透的方法，使散文较好地避开了单线条的平铺直叙，形成了多层次、复合式的结构方式。

这些如此丰富的"砖瓦石"，并非"散珠碎玉"，而是用"救救我们的肠胃"之线，将他们贯穿起来。作者构思并非"脱

马由缰"，而是以"归根到底，还得当权者应该做到，了解百姓疾苦，接地气，甘霖及时普降，方能一解枯欲尽"这根缰绳勒住了野马，构建了大厦。该篇文章骨架匀称，脉络清晰，首尾照应，一气呵成，主题突出，巧妙融合，美妙其中。

窥一斑而知全豹，在《沽酒与何人》书集里这样的结构布局比比皆是，如《歌舞教成心力尽，一朝身去不相随——走我的路，让白居易说去》、如《汉儿尽作胡儿语，却向城头骂汉人——真是七斤九两?》等等，都做到了形散而神聚，读来津津有味，意味悠长。

三、遣词造句，"点"到为止

人们常用"余音袅袅的洞箫，明净无尘的水晶，色彩鲜明的玛瑙来形容散文语言的优美和洗练"，人们又用"甘冽清澈的山泉，曲径通幽的园林，烟波云海的扇面"来比拟散文语言的质朴和自然。

《沽酒与何人》的作者正是熟知散文语言的重要，所以在每篇文章的遣词造句中尽量做到了"优美和洗练"，"质朴和自然"，而且是"点"到为止，干净流畅。

一是在语句的组合上整散结合，长短交错：如《只在此山中，云深不知处——灵魂的重量：21克》中有一段重要的描述：

贾岛幸运，他不遇而遇，遇到了青松的伟岸挺拔，长绿不凋，那是隐者操守的象征；遇到了白云的洁白无瑕，悠闲自得，那是隐者的无限欢畅。遇到了一个隐者的精神层面，又遇到了自己的内心——飘逸出尘的生活方式，清雅志趣的人生走向。故此，苦吟派诗人贾岛一反旧日雕琢推敲之能事，一首《寻隐者不遇》简洁回答，如行云流水，又如空谷幽兰。

这里作者便以整句开头，构成三个排比的句式，讲的是作者

从贾岛"寻隐者不遇的情景"感悟到"名利不在灵魂体内"的道理。然后通过一个转折，转为散句，再说贾岛的诗歌变化，这样的句式整散结合，极好地表明了作者对精神层面的哲学思考。

如《别离在今晨，见尔当何秋——可以原谅父亲》一文中作者写道：

哪个须眉无亲情，哪个父亲不涕零，从绵绵的父亲到韦应物，一滴泪珠子一千元也吓不倒他们的泪腺。从千年前的杨氏女出阁的小道上走来，父爱，从来不曾改变点颜色，给予、忧思、牵挂。

在七十四个字的议论里，各个句式长短不一，读来朗朗上口，抑扬顿挫，加上"周芳式的发问"，让读者赞叹有加，更能引起读者共鸣。

二是在叙事的过程中对比强烈，富有哲理：如卷一首篇文章《明月好同三径夜，绿杨宜作两家春——老邻居比儿子可靠》中，作者就通过自己家和别人家，过去和现在，乡村和城市的三组强烈对比，充分显示事物的矛盾，突出表现事物的本质特征，加强文章的艺术效果和感染力，让读者在比较中分清好坏、辨别是非。这种手法可以突出好与坏、善与恶、美与丑的对立，树立了极鲜明的形象，让人获得极强烈的感受。

作者写道：

物质匮乏的年代，到三婆家借一小杯油，等还油时，母亲换上一个大杯子，倒得满满的。

由此表现了母亲的善良和做人的大气。

作者写道：

台湾作家张大春父亲在城市里担任公务员时的春联是"水流任急心常静，花落虽频意自闲"，横联是"车马无喧"，当父亲退

休回到乡村时，独守空房，深夜阑尾炎发作了，是邻居们背他上医院，才得以幸免。于是他父亲家的春联就变成了"依仁成里，与德为邻"，横批是"和气致祥"。

由此凸现了"老邻居比儿子牢靠"的主题。

作者写道：

乡村记忆中培枝大妈家蒸了荞麦馍馍，香味窜得满院子都是。"小鬼们，馍馍蒸好了！"她站在院子里高声叫唤，我们立马放下跳绳弹弓一窝蜂跑过来。……还有，谁家来了男客，左邻右舍的男人们也会被拉上酒桌。

今天，住了五年的对门，我们只有点头之交。楼上的，只知姓王，在交水电费表格里熟悉。这个城市，遍布水泥、钢筋和冰冷的眼，为我们垒砌几十平方米的巢。巢里，镀上铁的防盗网，阳光和鸟声也难穿过，我们各自盘踞在各自的牢狱里。

由此揭示了昨天农村左邻右舍的热情与慷慨，也揭示了今天城市物欲横流的人情冷漠和寡淡。

三是在表情达意里比喻贴切，形象生动：刘川鄂教授在评论中说道：周芳的散文，浓密、紧致、节省，注重思想内涵的提炼、诗意的营造和语言的打磨，她完全具备成为一个风格别致、水准上乘的散文家的必需要素。

《别离在今晨，见尔当何秋——可以原谅的父亲》一文中，作者在描写锦锦婚嫁日的一段时，写道："我们一群人笑得花枝乱颤。"笑的形态有多种多样，作者在这里仅用"花枝乱颤"四个字就把一群女人的笑姿描述得栩栩如生：把一群年轻貌美的姑娘形容成"花枝"一点都不过分，一个"乱"字，表现了姑娘们前俯后仰的姿态，一个"颤"字，表现了姑娘们的抖动千姿百态，让读者立即产生了一种蒙太奇的画面感。此时，不知道哪是

姑娘在颤，哪是花枝在抖，哪是姑娘在笑，哪是花枝在摇，更像是一支民乐队，奏出了快慢有致的婚嫁曲，一会儿是二胡的弹拨，一会儿是笛子的花舌音，听后让人浮想联翩，回味无穷。

在本文中，作者还有很多比喻和拟人手法，在本散文集里，随处可见，俯首可拾；给读者留下了深刻的印象。如"布局协调的五官"的布局协调、"母性的温度"的温度、"父爱，从来不曾改变点滴颜色"的颜色，等等，精准、达意，"点"到为止，恰到好处。

阅读完散文集，掩卷而思。读者感到，唐代的优秀诗人多，他们的诗中已经把古代生活所能看到的景象，所能感受到的喜怒哀乐，差不多都写到了，而且好到了极致。而《沽酒与何人》的作者的感悟正好与唐朝诗人的感悟形成了契合。

"以铜为鉴，可正衣冠；以史为鉴，可知兴替；以人为鉴，可明得失。"作者正是站在历史的高度，岁月的深度，做人的尺度，将自己的情感融于唐诗之中，寄托情思，借古喻今，借古讽今，隔空对话，古今共赏，给我们浮躁的生活空间带来娴遐静谧的新鲜氧气，洗涤和净化我们世俗的灵魂。

近来，我省文艺理论专家们对浅阅读、深文学开展了讨论和研究，提出"浅阅读触动情绪，深文学抚慰心灵"，"经典名著堪比思想酵母，深度阅读提升精神境界"，批评了浅阅读的营养不良，肯定了深文学的精神作用。

《沽酒与何人》这本散文集既有数首唐诗的现代解读，又有现实生活的直接比照，还有作者鲜明的批判继承的观点和人生认知的哲理思辨，岂不是正好弥补了网络化时代、快餐阅读、浅阅读的不足，又解决了深文学的费时、吃力的矛盾吗？《沽酒与何人》不正是这两者之间的桥梁吗？

在此，呼吁专家学者们，积极推荐《沽酒与何人》这本散文集。让更多的人多延长几分钟阅读一篇文章，就可以把快餐变成正席，让更多的人多延长几分钟阅读一篇文章，就可以把浅看变成深读，既通俗易懂，又意味悠长。让更多的人，在浅阅读与深文学之间去欣赏和感悟"诗意唐朝的现代解读"吧！

仰望天空　凝情泼墨

——管淳先生散文集《凝墨余香》欣赏

　　管淳先生是孝感市首届十大文化名人之一。我是管淳先生众多粉丝中的一名，记得管淳先生在给业余通讯员上课时，曾经提出过"题材要巧，题目要小"的英明论断，至今让我记忆犹新，受益匪浅。

　　今年早春二月，有幸与管淳先生有工作上的联系，一见面，管淳先生就给了我一个惊喜。《凝墨余香》散文集带着作者的余香温暖了我的全身。

　　文人之间，赠书重于黄金，被赠者乃是最大的荣幸。以前，出于好意，我曾经托人向一个文友索买一本他的书，这个文友没有首肯，我不解其中之谜。管淳先生是我写作上的老师，又是文化名人，他却把我当成了朋友；同样是一本书，做人的区别怎么就这么大呢？

　　《凝墨余香》由六个部分，七十篇文章组成，作者通过"草根系土""芒鞋留痕""雅斋品茗""乡情如水""原味读心""囊书旅远"尽情书写了前"30 年读书、教书"后"30 年写作"

的心里路程，诗画般地描述了祖国的大好河山，赞颂了具有正能量的众多人物，表现了作者"仰望天空"的追求，脚踏实地地干事的人格魅力，更多的是让读者享受着每篇文章的"余香"，陶醉着，领悟着……

好的散文一定是立意新奇、思想独到、个性突出，有着深刻生命体验的。

纵观《凝墨余香》散文集，除了"雅斋品茗"这一卷，是文学评论篇外，其他的五卷都是以描绘景物为主。作者借景生情，写出了不少的哲理名言。如《逝者如斯夫》中作者写道：

天道酬勤，这一"勤"字的力量，就是需要时间来淬火的定力，生活的哲理便是人无定力，百无一用。

如《梦在小城》中作者写到：

芸芸众生，谁都期盼好运常在，我也一样。想想自己的经历，总觉得常有好运当头，究其源，促成这好运的是什么？在我看来，这其中重要的是朋友的无私相助，更是"命运转折"时的贵人指路。

还如《不在失而复得中》结尾点题：

其实，牵挂又何尝不是一种美。

这些哲理句，是作者感悟的参透，思想的火花，理念的凝聚，睿智的结晶。既是启迪人们的警句，更是作者几十年奋斗的真实写照和做人的真切体会。

作者对生活的感悟过程中有情感参与，理解的结果有情感及想象的融入，寓含了生活情感的思想，是蘸满了审美情感液汁的思想。从哲理散文的字里行间去读解到心智的深邃，理解生命的本义，是哲理散文艺术美之所在。例如《苦楝》中作者写到：

楝树啊，苦楝树，你枝苦叶苦果实苦，生命的历程也是这般

的苦涩，但你和大自然的绿色生命一样，其生命力又是何等的坚韧和顽强。你蓬勃生长，为的是留下一片浓荫，你籽落春泥，为的是子孙繁衍。你心存善，志在天，即使水淹命殒或者无可抗争地轰然倒地，善犹在，心无悔。

作者借苦楝树生长之难，命运之苦，联想到自己的苦命童年、少年、青年时期，通过三个"你"字，"你和大自然的绿色生命一样……你蓬勃生长……你心存善……"感叹苦楝树的成长艰难而无怨无悔的宽广心胸，这哪是写树啊，分明是作者在感叹人生，人处逆境，依然要仰望天空，努力向上。类似这样的表述在《河杨》《桃花岛》《绒花书味》等文章中均有良好表现，其思想性强烈，给人灵魂的震撼，是教育人的好篇章。

《凝墨余香》是一本带"情"带"色"的散文集。作者是一个会察"颜"观"色"的高手。他的散文总给人一种人在画中走，景在心中游，人景融一体，画面两难分的美感。你看《草径悠悠》中：

紫云英、紫红、嫩白、粉青；油菜花儿的嫩黄；翠绿的叶片，簇拥着径上的黄花，那花蕊的黄色，那满眼的黄是造物主赐给农人们春的写意和物的厚爱，只有它们，才昭示了春的来临，昭示着春的活力和精神抖擞。

你再看《秋叶钱冲》中：

诗一般五彩斑斓的林海中，香樟碧绿，柏树苍翠，柳枝铁青，枫叶橙红，色彩最炫丽的，当数丛丛乌桕。乌桕叶从鹅黄到浅红，又从浅红到绛紫，仿佛要把世间各种奇幻的色彩收之于一身。……这是山林色彩的大合唱。

其语言细腻唯美，而又能状物准确。如诗如画，如梦如诉的语音风貌，让读者心旷神怡。作者对具体事物的记叙和描绘，其

突出的特点是强烈的抒情性。那种对色彩仔细入微的观察，比起那些"上车睡觉，下车尿尿，依景拍照，回家忘掉"的旅游者来说，简直是天壤之别。"鹅黄到浅红，浅红到绛紫"，不说一般游人没有看得如此仔细，就是画家也未必能够将花的这种层次刻画得这般入木三分。即使描写自然风物，然而作者一定赋予了深刻的社会内容和思想感情在里面，这是对祖国大好河山的赞美，也是作者热爱生活、热爱本职工作的心灵倾诉，同时也让读者产生无限的遐想和解读的空间。作者运用象征和比拟的手法，把思想寓于形象之中，具有强烈的艺术感染力。读到这里，我们似乎想起了茅盾的《白杨礼赞》，魏巍的《依依惜别的深情》，朱自清的《荷塘月色》，冰心的《樱花赞》。

运用典籍进行严密考证，然后付诸精美辞章，写出既有学术价值又有艺术价值的华章，永远是值得称道的。

在《凝墨余香》散文集里，我们常常可以读到作者实地考证的许多史料记载，尤其在一些游记散文中表现得十分突出。时而信手拈来，时而冲口而出；时而引经据典，时而古今论证，证据确凿，振振有词，给文章增添了不少真实性和可读性。同时，体现了作者深厚的学术功底，展示了作者卓越的文学才华。把考据改为考证，把考证的方法重点放在实地调查研究上，对于作者来说，是一种大胆的创新和升华。《风兮飞程台》最大的突破就是活用了田野调查。他深深潜入到一块比邮票更小的地方，作者从明朝孝感县令罗勉赞美的澴川古八景之一的"程台夜月"的诗起笔，引用1992年版的《孝感市志》史料记载，以陌生的眼光再次关照那些自以为已很熟悉的人和事，作者写到"程台今日啥模样，深冬时节，一个水寒草枯的日子里，从闵集集镇出发，沿闵集至八一大桥的公路西行三五里许，折而沿凤凰港南行片刻，周

遭池塘沼泽之中的一高台，便是前人诗中记载的'风台'或'程台'了。"作者在"深冬时节"，"西行""南行"一"折"，又从《岳阳楼记》引出了孝感古代名人"二程"，又联想到成语"程门立雪"，再到孝感古代另外一位名人，清代大臣——熊赐履，一位凤凰港边的乡下人走出乡村，踏上政治舞台"功成名就"的大臣。这种到故地的调查研究，比到一个自己并不熟悉的场域进行"调查"和"研究"要靠谱得多。因为他并非一个外来者，而是一个在场者，很容易与这块地方达成同构，形成共振。在思想或考证的驱动下，散文创作的专题化，将会成为或正在成为一大趋势。作者的散文正是这种与历史、考证、人文、山水融于一体的创作，值得一读，值得欣赏，更值得收藏。因为它的历史作用，现实意义太可贵了，美文美味，耐人深思。

　　作者是一个仰望天空，富有思想的文化人，同时又是一个脚踏实地，一步一个脚印的实干家。《凝墨余香》散文集中，我们从中看到了作者的人生轨迹，读到了作者喻景喻物中的人生感悟，更多的是作者干一行，爱一行，行行出状元的精彩人生。《牛》一文中的科学放牛，《青竹扁担》一文中挑塘泥可以挣到七分工分，《香樟林》的广播员，"同时又是场部的电工，换灯泡，改电路，再累也爱干，因为这也是一门技术。"《梦在小城》一文中，教书的主人公，被一座比县城大些的城市的一家单位看中，我在这个城市写稿子，没想到，上海《文汇报》，北京《光明日报》也先后刊发了。作者最出彩的地方在《旅京散记》中得到了升华。先写了"儿子在丹麦申报读博士"，接着"是1992年5月初，我们家'老两口'结伴上北京，那是我第一次进京……是参加《求实》杂志社举办的全国报刊新闻评论写作培训班。……给我们上课的有《求实》杂志社的老师，有外交部的资深专家，也

有《人民日报》的新闻前辈们。……更难得的是，清晨或傍晚，我们'老两口'尽可以在景山公园或筒子河畔散步了。"

前不久我有幸与中国曲艺家协会副主席、赵本山小品御用主笔崔凯老师一起评小品，谈幸福。他风趣地说：能够在出差之时，带着老伴一起出双人对，共同享受事业和生活带来的快乐，这既是对年轻时夫妻生活忙碌的一种弥补，又是老来为伴的最好幸福时光。这世界上，没有什么能够与自己的"老伴"一起共同享受晚年生活更美的事情了。

《凝墨余香》的作者笔耕不辍，追寻梦想，充分展示了自己的聪明才智，写出了不少优秀文章，在年轻有为的年龄就享受到了这种高级别的待遇。能够代表湖北省媒体人到北京聆听权威人士上课，能够携带"夫人"前往，如此殊荣，不是一般人所能够得到的。

《凝墨余香》是一本值得欣赏的散文集，作者的语言驾驭十分娴熟，气势磅礴的排比句、精准的遣词造句、俗语的运用、俏皮话的运用、叠词的运用、比兴喻物都十分精彩。不足的是有些篇章过于平淡，其艺术性略为逊色，有失整体档次的欣赏。

纵观全文，瑕不掩瑜；《凝墨余香》如其说是作者凝聚笔墨，抒发情感，给人以鼓励，倒不如说是作者凝聚自己的情感挥毫泼墨的赞颂祖国美丽河山和人性的真善美。留给读者的不仅仅是散文的魅力，而是形象生动地告诉人们许多做人的哲学道理。仰望天空地追求，脚踏实地地干事，做一个永远积极向上的人，做一个值得人们尊重的人。

巴金说过，我觉得，当书本给我讲到闻所未闻，见所未见的人物、感情、思想和态度时，似乎是每一本书都在我面前打开了一扇窗户，让我看到一个不可思议的新世界。

《凝墨余香》给我们打开的就是这扇窗口……

满腔激情，精雕细刻"孝文化"内涵
饱含孝心，浓墨重彩"和谐社会"构建
——论《情迷双峰山》电视剧本的人物塑造和情节安排

接到剧本，情迷双峰山五个大字呈现在我的眼前，喜欢品味文字的我，被这五个字深深地吸引着。双峰山不是我们孝感有名的旅游风景区吗？谁的"情"丢在哪里了呢？一个"迷"字，一定深藏着一段耐人寻味的故事吧？带着众多的疑惑，我仔细读了由湖北电视剧制作中心批准立项的，由张黎明，张晓明两位编写的三集风情电视剧剧本。

《情迷双峰山》描写的是许晓昨、许晓今这一对同母异父，亲姐弟在特殊年代出生、离异、成长、重逢的故事，展现了一幅大别山南麓，鄂东北，孝感双峰山国家旅游风景区特有的秀美别致，古有"仙源"之称的风俗人情画卷，刻画了崇尚孝文化传承、摈弃世俗观念、立志唱响主旋律、弘扬孝文化的性格鲜明的人物形象。

编剧通过影视艺术的表现手法，多次切换画面，描述了大姐晓昨自幼就担负起家庭重担，为照顾双腿残疾的父亲，为了找回

被送养的弟弟，从小学艺，然后在酒吧唱歌维系生活的经过。通过描述小弟晓今被人领养后长大，在大学校园幸福的生活，多才多艺的才华展示，放弃舒服安逸的政府行政部门工作，专心研究孝文化课题的经过；通过这两个主人公前途命运的交替展开，揭示了人物性格的发展过程，较完美地突出了孝文化与当代和谐社会构建的鲜明主题，是一部可读、可视、可欣赏、可受教育的好剧本。

《情迷双峰山》这个剧本好在以下三个方面：

一、人物刻画的多面性

塑造人物形象是文学作品，尤其是电视剧本反映当代社会现实和时代风貌的重要手段，其思想倾向是通过性格鲜明的人物形象来体现的。

许晓昨：这位二十几岁的大姑娘是剧本中着墨最多，塑造得比较成功的人物之一。许晓昨的童年物质生活贫乏，精神生活也很贫乏。母亲的突然逝去，父亲的双腿突然致残，小弟的突然送走，对这个年仅六七岁的小女孩来说几乎是灭顶之灾。

然而，她并没有倒下。她承受着失去母爱，失去和自己朝夕相处的小弟的阵阵疼痛，一边读书、学艺，一边照顾双腿残疾的父亲。在她的生活中，过早地尝尽了人间的酸苦辛辣，同时也培养了她有别于其他同龄女孩的"孝"。她"孝敬"父亲，二十几年如一日。她身上体现出的尊老敬老、爱老养老的优良品德，不仅是历代社会的道德基础，也是我们当今社会主义和谐社会所提倡的道德规范。

在剧本第一集第二十二场景中：

[深夜] 许建国坐在轮椅上戴着老花眼镜看书，许晓昨端着热水盆走进来，笑着对父亲说："爸，我给你端来热水，您泡泡

脚"，并上前帮着将父亲推了过去，蹲下身去替父亲脱鞋。

通过这几个平推的镜头，我们可以想象到：深夜，说明晓昨是刚刚从酒吧唱歌回家，本来应该是身心疲惫的她，还要侍候双腿不能动弹的父亲，一个"端"字、一个"笑"字、一个"推"字、一个"蹲"字、一个"脱"字，把一个女儿对父亲的孝顺之"情"表现得栩栩如生，把一个大闺女对长辈的浓浓的"爱"展现得淋漓尽致，这种情不是暂时的，是二十几年如一日的长期坚持；这种爱不是苍白的，是一个后人对长者养育之恩的长久回报。这样的描述，揭示了许晓昨明白事理、善解人意、温柔体贴的一面。

读者最欣赏第一集第二十四场景：

[酒吧] [夜] 许晓昨、酒吧老板、王老板等。为了给酒吧老板的面子，满足有钱王老板的要求，许晓昨破例和王老板喝一杯酒，有这样的一组镜头：许晓昨"微笑"着举起酒杯；"含笑"的一饮而尽；"脸一寒"地不喝第二杯；"冷冷看"了王老板一眼；"冷冷一笑"地顺势"捏住"王老板的两个手指"一掰"，王老板跪倒在地，她顺手抄起桌上的酒瓶"一磕"；拿破酒瓶"对着"王老板的咽喉，然后"转身快速离开"。

通过许晓昨在金钱诱惑面前和在灯红酒绿中脸部表情的变化特写，让人们看到了许晓昨的内心起伏跌宕的急剧变化过程，使人们读到了许晓昨的这"笑"中有理、有利、有节。这"冷眼"中有鄙视，有憎恶，有愤怒，再加上精准、大气的人物"对白"，把一个柔中带刚、软中有硬、不卑不亢、洁身自好、刚正不阿而又聪慧过人的女侠形象一下子呈现在读者面前。

这样的描述，十分精彩，同时又揭示了晓昨机警、正直、疾恶如仇的男性的一面。对亲人的爱，对孝道的情，对世俗的恨，

对铜臭的恶；正是孝文化的重要内涵。剧本中对另外一个主人公许晓今的人物塑造，也在多层面的刻画上有很多精彩的画面。

许晓今：他活泼可爱，阳光风光；他生活优越，顺风顺帆。可是他并不因为生活舒适而"坐享其成"，他没有做父母的"乖乖仔"，他是名正言顺的大学生，却愿意去酒吧为许晓昨敲锣鼓点（第二集，第五场景）。他放弃卫生局机关的工作，另起炉灶，不当公务员，甚至有被父母撵出"山门"的窘境，独自去"中华孝文化园"应聘工作人员（第二集第十九场景），甘为孝文化的研究和发展，做一生的传播者的"沈三藏"……（第一集第二十六场景）

许晓今对舒适生活的放弃，对父母安排的叛逆，对孝文化的执著，对帮忙许晓昨寻找小弟的固执，等等，正是对人物刻画多层面、多侧面、立体化塑造的最好佐证。

二、故事情节的完整性

文学作品通过故事情节展现人物性格，表现作品主题。电视剧也不例外，特有的蒙太奇表现手法，简洁、明快的镜头语言，传神的故事给人们呈现出完整与精彩的故事情节。

《情迷双峰山》的开端、发展、高潮、结尾都十分的严谨。神情失魂落魄，在街市上奔走的秦朝霞，这个二十五岁的街头剪纸艺人，一张已怀孕的化验单，一群鸽子的飞走，加上许建国的一句话："他不娶你，我娶你！"（第一集第一、二场景）在这两个小小的场景中就十分清楚地交代了故事的起因，同时也拉开了《情迷双峰山》的序幕。于是就上演了一场同母异父姐弟因突发变故而离散，因离散而思念，因思念而寻找，因寻找而团聚的人间悲喜剧。

编剧的意图和着眼点是放在许晓昨，许晓今这对年轻人的追

求和情感上。为了尽快切入主题，剧本在三十一个场景中，仅用了一半的场景，（十五个场景）就干净利索地交代了因生活所迫、一代孝文化继承者、楚剧名旦许建国，和其妻子剪纸艺人秦朝霞为谋生计，带上妻子的女儿——许晓昨，还有他们俩爱情共同的结晶小儿子许晓今在街头卖艺。为了攒够晓昨上学读书的钱，他们白天上街卖艺，晚上出外捡煤渣，以至在一个大雨滂沱的黑夜，突遭车祸，秦朝霞撒手人间，许建国双腿致残。

无助的男人只有承受着心灵加倍的撕咬和阵痛，将自己的亲生骨肉许晓今拜托他人收养，而留下了秦朝霞和另外一个男人的女儿——许晓昨和自己朝夕相伴。

在这骨肉分离之际，编剧别出心裁地写到：

许建国拿着已经剪成两个半张的剪纸《槐荫记》说："这幅《槐荫记》是秦朝霞当年嫁给我时，为我剪的。今天，我把它一破为二，这两孩子就一人半张吧。我也没什么送他们的，就当做个纪念吧。"

许建国的这段话，既表达了秦朝霞对许建国的感激之情，同时又表达了许建国和秦朝霞对"孝文化"的寄托和追求。见证了他们传承"孝文化"的信念和期待，最关键的是为故事结局姐弟重逢埋下了伏笔。真是神来之笔，巧妙之极。

从第二集第十六个场景开始，编剧笔锋一转，用一个"二十年后"的镜头，把历史拉回到了现代。

长大后的许晓今，是某大学应届毕业生——沈远。已在几家酒吧唱歌的许晓昨；他们在酒吧不期而遇；他们在酒吧智斗"段先生"；他们在一起谈人生，在一起谈家史；谈心愿，谈理想，在一起谈"孝文化"……

随着剧情的发展，随着一个一个谜底的解开，第三集结束，

编剧用大量的篇幅和镜头，满腔激情，精雕细刻孝文化内涵，饱含"孝"心，浓墨重彩构建和谐社会，步步深入、层层递进、详略得当、引人入胜、情节曲折、扣人心弦。一个离散破碎多年的家庭终于团圆了，重聚了，可是一个"孝文化"事业的传承却仍在继续，这就是编剧的良苦用心吧！

三、环境描写的艺术性

环境描写是衬托人物性格、展示故事情节的重要手段。剧情中人物的活动和事物的发生发展，是不能离开一定时代、社会、自然环境。有了具体而又充分的描写，才能真实地揭示人物活动的矛盾冲突。

细读《情迷双峰山》全剧，编剧为塑造和刻画人物，设计了很多矛盾冲突，让主人公在复杂和多变的矛盾中成长、成熟。

从主线上看，《情迷双峰山》实质上是历史的"孝文化"如何与当代和谐社会构建之间相互融合和相互促进的主题升华。孝文化要传承就必须赋予当代社会的新元素，要为当代和谐社会的构建服务。

从副线上看，剧本描述了多对矛盾。如：许晓昨的酒吧唱歌与做人原则之间的矛盾；金钱与人格之间的矛盾；钱不多又想为父亲购买一个新屋的矛盾；在时间上，既要工作又要寻找小弟的矛盾。

例如，许晓今是否听父母的话安逸地去上班，与自己个人追求和抱负之间的矛盾，沈远父母在儿子留在身边还是归还给他亲生父亲的这个问题上矛盾。

例如，许建国是送自己的亲生儿子给他人寄养，还是送一个与自己毫无血缘的孩子给他人寄养之间的矛盾；对亲生儿子的思念和对他人女儿之间的情感寄托之间的矛盾；自己想分担家务与

身残难有作为之间的矛盾。

例如，刘教授既希望自己的优秀弟子继续研究孝文化，又怕其弟子不愿为之的矛盾。

例如，双峰山孝文化研究园的文化底蕴与独具特色的风景之间如何融合的矛盾，等等。

自然环境的描写交代了人物活动的具体环境，往往起到渲染剧情的气氛和烘托人物心情的作用。例如：第三集，第二十五场景：

［黑夜］［大雨］天空如墨。沈远当得知自己的身世后，泪流满面，愤怒地摔门而去。沈远浑身湿透，瘫坐在杂货店门口，旁边是一瓶白酒。行人撑着各色雨具，急行向前。沈远挣扎地站起来，歪歪斜斜地向街上走去。沈远边大口喝酒，边在雨中歪歪倒倒地向前走着。他终于倒下了，倒在一片积水里，仰面朝天，脑海里浮现出诸多连不成线的片段。五个镜头里，出现了五个不同的脸，沈远内心呐喊：我该怎么办？我该怎么办？我该怎么办？沈远在水中，痛苦地蜷缩成一团。

"大雨，黑夜，挣扎，歪歪斜斜，歪歪倒倒，倒在一片积水里，内心呐喊，痛苦地卷缩成一团。"编剧巧妙地抓住大雨中沈远的各个不同的行为特征，用准确、简练的语言恰当地表现出来，推动了故事情节的发展，烘托了沈远对人生价值观的追求和渴望。不管自己身世如何，他都不愿意自己的人生被掌控在别人的手里，从而为自己最后坚定地走"孝文化研究"这项"苦行僧"之路奠定了坚实的思想基础。

社会环境的描写，为故事的发生提供了时代背景和时代的特点，同时也为人物提供了宽阔的活动空间，影响着或间接决定着人物的思想情感。

《情迷双峰山》思想性、艺术性的成功是毋庸置疑的。掩卷以后，仍想提几点建议供编剧参考：

一是关于剧中楚剧选段的选用。三集连续剧要把横跨二十年的事情说清楚，已是很不容易的事情了。为了精炼内容，突出主题，建议将剧中与"孝文化"联系不是很紧密的《马前泼水》，《讨学钱》等唱段换成以"孝"为主题的《百日缘》或《天仙配》等剧目，更为贴切和生动。

二是关于孝文化研究与新时代的要求。孝文化的历史作用和现实意义是大家不可否认的事实，怎么样用电视剧的方式把两者有机地结合在一起，虽然是一个值得探讨的理论问题，但是在剧本中还是很难让人读到很直观的必然逻辑。建议再征求一下孝文化研究专家的意见，使这一主题更为鲜明突出。

百善孝为先，"孝"是中华民族的美德，对祖国的忠诚，对事业的贡献，对老人的尊敬，对子女的疼爱，对亲人的关心，对朋友的和善，也是对每个人自身思想道德修养的水准和标尺，更是一个社会进步与文明程度的表现和检验。"孝"，中国人耳熟能详的一个字眼；"孝"，孝感人最自豪、最推崇的一个字眼……

"孝文化"在历史上是中华民族文化的重要组成部分，"孝文化"在今天是和谐社会构建不可缺少的组成部分，将来仍然会在继承和弘扬"孝文化"精华的基础上与国家的前途、进步、发展紧密相连，必将会被发扬光大。

《情迷双峰山》的电视剧为生动表现这一主题做了很好的尝试和宣传，我们将拭目以待《情迷双峰山》的拍摄成功，隆重上演。

弘扬中华孝文化　实现民族富强梦

孔子曰："夫孝，德之本也，教之所由生也。"就是说孝是一切道德的根本，也是教育产生的根源。

中华孝文化的特点之一，就是具有历史性。它起始于上古社会尧帝以前，因为尧帝选舜帝时，"孝"已经作为选择接班人的主要标准。《虞舜圣君，大孝感天》讲的就是最早的一个关于孝故事。春秋战国时期随着《孝经》的传播，孝文化在我国逐渐成熟，汉朝更将孝文化推向顶峰。清朝编写的《百孝图说》更将孝的榜样具体化。无论朝代如何更替，社会如何变化，孝文化在人类历史上都留下了深深的印记。这证明孝文化是一个永恒的课题。

中华孝文化的特点之二，就是具有普遍性。从二十四孝人物看，孝无年龄大小之分，陆绩六岁怀橘孝母，老莱七十戏彩娱亲；孝无贫富之别，黄庭坚家有良田千顷，仍为母亲洗便器，蔡顺家无粮，拾葚养母，两人孝心一样；孝无社会地位高低之分，文帝尝药，董永卖身，一个是皇帝，一个是长工；孝无男女之

别，唐氏乳母，郭巨埋儿；孝无生死之分，王裒纯孝闻雷泣墓，丁兰刻木视死如生。孝无慈恶之别，老母慈，儿子孝，曾参至孝母子连心，后母恶，儿子也孝，闵子芦衣感化后娘；孝无远近之分，子路事亲百里负米，黄香九岁扇枕温衾；孝无形式之别，寿昌寻母弃官不仕，黔娄尝粪，孟宗哭竹；孝无能力大小之分，杨香十四打虎救父，吴猛爱亲以身喂蚊。

孝道是中华民族的两大基本传统道德行为准则之一，另一个基本传统道德行为准则是忠。几千年来，人们把忠孝视为天性，甚至作为区别人与禽兽的标志。忠孝是圣人提出来的，却不是圣人想出来的。它是我国古代长期社会实践的历史产物。

农业生产是中国古代社会根据自然环境的合理选择。家庭是中国古代一家一户的基层生产组织，从而构成社会的基本细胞。小农生产的家庭对国家有纳税的义务，国家有保护小农的责任，"国"与"家"的关系协调得好，则天下治，反之则乱。保证实现国家、君主有效统治的最高原则是"忠"；巩固基层社会秩序，增加乡党邻里和睦，父慈子孝的最高原则是"孝"。中国古代社会最基本的细胞是家庭，因而，忠孝二者相比较，孝比忠更基本。

《十三经》中的《孝经》，把孝当作天经地义的最高准则。后来北宋的张载作《西铭》，在《孝经》的基础上，融忠孝为一体，从哲学本体论的高度，把伦理学、政治学、心性论组成一个完整的孝文化体系。对中华民族的发展，增强民族凝聚力，形成民族价值观的共识，起了积极作用，功不可没。

进入现代社会，我国社会结构正在转型过程中，社会老龄化现象对中华孝文化研究提出了新课题。我国推行计划生育政策，出现大量独生子女。子女有赡养父母的义务。新型家庭一对夫妇

要照顾两对父母，传统观念规定的某些孝道行为规范，今天有孝心的子女难以照办。当前社会保障制度尚不完善，无论对父母还是子女来说，家庭仍然起着安全港湾的作用。今天对孝道的理解和诠释正面临前所未有的冲击，几千年来以家庭为基础培育起来的、深入到千家万户的传统观念，需要从理论到实践进行再认识。这一课题关系到社会长治久安，更关系到民族兴衰。因此，今天我们感受到，面对当前的社会现状，如何弘扬中华孝文化就显得格外紧迫和十分重要了。当今社会，特殊的家庭结构组成，严重地冲击着传统的中华孝文化所赋予的伦理道德、家庭和谐和社会进步。具体现状表现在以下三个方面：

一、"小皇帝"的强势崛起

俗话说，孩子是父母的影子，儿童是看着成人的背影长大的。然而，我们的成年人是否如人们所期望的那样，时时刻刻给孩子们树立正面的学习榜样呢？事实令人遗憾，甚至令人痛心。现今的成人社会中，很多不良表现乃至罪恶行经——贪污腐败、行贿受贿、卖淫嫖娼、赌博吸毒、诈骗凶杀——既表现在现实生活中，又彰显在多种传媒里，我们的儿童躲也躲不开。这种挑战实在太严峻了。

在开放的时代，我们需要学习西方的先进的东西，然而，当我们打开窗口时，苍蝇、蚊子也一起飞了进来。我们本不想学也不该学的东西，有的人却学得非常快，从教育的角度看，我们的确有"腹背受敌"的感觉。

家庭"子女少"带来的不利因素。子女少，就教育而言，既有有利因素，也有不利因素。家庭教育投资多，投入精力多，教育条件好，就是有利因素。但是不利因素也非常明显。一个孩子，在家庭里，众望所归，众情所依，孩子成了真正的"宝贝

儿"。爷爷奶奶、外公外婆、父母,六位甚至更多的成年长辈"疼爱"一个孩子,难免产生"四二一"综合征。孩子在儿时的生活中又缺少同龄、近龄玩伴之间的交往,容易形成"独""拔尖儿"的心理倾向,甚至出现人格偏差,给教育带来了更多的难题,对孩子的成长非常不利。

当今社会,影响儿童成长的因素多而杂,利弊因素并存,学校教育、家庭教育、社会教育的可控性都在减少,如何应对挑战,是我们必须思考和解决的问题。

再比如说,我们要培养孩子孝敬父母、孝敬长辈的美德。一方面要给孩子讲清孝敬的美德是怎么回事,更重要的是必须给孩子创造孝敬父母、孝敬长辈的机会。平时,要让孩子为父母、为长辈做一些力所能及的事情,切实关心父母和长辈,在实践中表现孝心、体验孝心、形成孝心。现在,有的父母、长辈处处为孩子着想,为孩子服务十分周到,不给孩子为长辈尽义务的机会。正像有的老同志所形容的:"孝子孝子,孝顺儿子,孝子孝子,孝顺孙子。"这是不可能培养起孩子的孝心的。现在的孩子们普遍有"小皇帝"心态。这样的状况现在已经从大城市传到了小城市,从城镇蔓延到了乡村,对宏扬传统孝文化造成了很大的威胁。

二、"啃老族"的迅速增加

养儿防老,是中国人的传统家庭价值观。从某种程度上来说,父母对孩子的养育是一种投资,到达一定阶段后就可以收到回报。但时至今日,这一观念正被前所未有地颠覆着。根据老龄科研中心的调查,中国有硬分之十六五以上的家庭存在"老养小"现象,有百分之三十左右的成年人基本靠父母供养,这些早该自立却因种种原因依然"吃定"父母的人被媒体称为"啃老族"。

社会学者认为，随着就业压力增大，以及独生子女逐渐成年，"啃老族"的队伍还将扩大。而中国将在十多年后进入老龄化社会，"啃老族"很可能成为影响未来中国家庭生活的"第一杀手"。严峻的现实是，众多子女不仅不能赡养老人，而且还在坐吃老人们微薄的养老金。

在大多数人眼中，所谓的"啃老"其实就是逃避就业压力，将父母作为经济来源，而另外一个被大家忽略的事实是：即使你拥有令人眼热的职业，享受着不菲的收入，但如果让常回家看看变了味，让父母成为自己的食堂、保育员，也依然是在"啃老"，只不过你未能意识到罢了。

在中国，年龄在二十三至三十岁之间的大部分人是没有房子的，其中有房子的人中三分之二是父母给付的首付或全款。一家三代人供一套房子并不鲜见，包括一些白领，迫于生活的压力也不得不选择啃老。

曾看过一篇报道叫《我给儿子当孙子》。年轻的儿子儿媳理直气壮地"啃老"，为拿到房屋拆迁补偿款对父亲步步紧逼，年近六旬的老父亲为了养儿，拖着瘦弱的身体在搬家公司当搬运工。"他生了我，就得养我！"面对这样的儿子和儿媳，老父亲默默垂泪。细看这个不孝子的成长过程，父亲坦言对其过分溺爱，惯坏了，把儿子儿媳养成了衣来伸手、饭来张口的毛病，但仍不后悔，甚至签订了"荒唐"的养孙协议，面对儿子儿媳的无理要求，还百般成全和放纵，可以说，寄生虫能够从一开始的"靠老"变成敲骨吸髓式的"啃老"，全是父亲自己种下的苦果，如今深受其害，还不知错在何处，实属咎由自取！

"羊有跪乳之恩、鸦有反哺之义"，做人如果连孝顺父母都做不到，岂不是畜生不如？和朋友聊起这则故事，大家都承认人们

在经济上、能力上、人脉上都或多或少地有"啃老"之嫌，且不以为然，"啃"是单方面的，是一方对另一方"敲骨吸髓"式的予取予求，另一方"抽筋卖血"来无条件地满足。而一般的家庭，是子女与父母的相互依靠，父母仍然像孩童时期一样关心他们的饮食起居，而子女成年后渐渐成为家庭的顶梁柱。人说"三十年前看父敬子，三十年后看子敬父"，这两方面无论是时间上、金钱上、感情上都是不成比例的，父母给予他们的永远比他们回报给父母的多，有这样一句话"拿出爱子女的一半来爱父母，这样的人就是孝子"，既然不能停止父母对他们的爱，那么就要他们回报更多的爱，让这份爱更加充实、完满！

三、"空巢老人"的日益扩大

据全国老龄办统计，我国生活部分自理或者完全不能自理的老年人约占老年人总数的三分之一，其中不乏众多空巢老人。福建省老年学学会课题组进行了一次城乡空巢老人调研，通过抽样调查得出，近百分之二十的空巢老人感觉生活无人照料是面临的最大困难。对他们来说，吃饭、洗澡、做简单家务已成为生活的最大困境。

所谓空巢，即"空寂的巢穴"，比喻小鸟离巢后的情景，现在被引申为子女离开后家庭空虚、寂寞的状态。空巢老人即是指无子女或子女不在身边，独自生活的老年人。生活不便、精神寂寞、病痛折磨……空巢老人冷暖往往只有自己知道。

在当今中国，传统的家族居住已经成为历史，"空巢家庭"的出现和不断增多应该说是时代进步和生活质量提高的表现，西方一些较发达的国家都经历过这个过程。目前在中国一些主要的大城市，空巢家庭已占老人家庭的三分之一左右。

未来十年，随着独生子女的父母步入老龄阶段，空巢家庭将

成为老人家庭的主要形式，所占比例有可能达到百分之九十。

社会是由无数个家庭组成的，一个家庭按照我国现有的国情基本状况看，应该是典型的四二一的人员结构，即四个老人，夫妻两个，一个孩子。从以上"小皇帝"的崛起，"啃老族"的增加以及"空巢老人"的扩大，家庭人与人之间的固有亲情关系矛盾十分突出。"小皇帝"的地位，"啃老族"的侵蚀，"空巢老人"的期盼形成了反差，应该引起社会学家的极大关注和研究，以保障家庭的和睦幸福，社会的和谐进程。

正是这样家庭细胞新的组成构架，对于与时俱进地弘扬中华孝文化，赋予了新的研究课题和极大的使命感和责任感，弘扬中华孝文化，必须与时俱进促和谐。

怎么样通过弘扬中华孝文化，与时俱进地解决好现在家庭中的这三个矛盾呢？笔者认为，应该从以下几个方面入手：

一要从孩子"爱"起。这个"爱"是爱心、是爱护，而不是溺爱。孩子道德品格的教育，应当从小抓起，做家长的不可忽视。从我们的周围就可以看出，孩子在很小的时候，零到三岁这一阶段，其实并没有多少坏毛病，坏习性。但随着年龄的增长，渐渐地会出现很多坏习惯，比如：说脏话、骂人，不孝敬父母，迷恋网络，自私，不爱学习，懒惰，等等。因为孩子在零到三岁的时候，模仿能力极强，大人的言行举止，不管好的还是不好的，他都全盘吸收，因为孩子还没有辨别能力。我们做父母的如果不注重自己的言行，给孩子一个模范作用，不良习性一旦形成，是很难矫正的。其实好多小孩子骂人都是跟大人学的。所以家长要想让孩子听话、懂事，首先要从自身做起。对照《弟子规》检查自身的言行举止，哪些做得可以，哪些做得不合道德，要及时的改正。

现在的孩子大多是独生子女，是家中的"小皇帝"，在家庭生活中容易以自我为中心，越是亲近的人，越是付出最多的长辈，往往最不知道感谢。我国社会目前面临老龄化，老人们往往只想着孩子，不愿意把自己的烦恼、需要告诉孩子，（通过调查显示）孩子往往不了解老人的真实需求，把长辈们的付出视为理所当然，不懂得珍惜。有的只知索取，不知回报，或者知道要孝敬老人，但在做法上存在偏差。在此情况下对孩子进行敬老教育显得尤为重要。

我们中华文化博大精深。在生活中我们喜欢这个"孝"字，尤其是用甲骨文写的"孝"字。"孝"在甲骨文时，上面是一位腰弓驼背的老人，下面是一位年轻人。两个象形符号合在一起，我们仿佛看到在春暖花开的时候，一个老人手牵着孩子的小手，在人行道上，在海边的沙滩上，讲着过去的故事，眼睛满是爱护和满足。我们仿佛看到了那个孩子扶着老人，稳稳地走着，眼睛里陡然多出来的是凝重和庄严！一个简单的符号有如此简洁又深刻的内涵，它凝聚了咱们中华几千年尊重老人、敬爱老人的美德。

孝是什么？孝是童心未泯的孩子嘴下留给父母的半粒糖；孝是孩子放学归来，在门口甜甜的一声"爸爸""妈妈"；孝是饭前抢着给父母盛饭的那一举动……孝，他每时每刻都在你的身旁，不经意中，轻轻一举手，一投足全融进孝的成分。

孝敬长辈是中华民族的传统美德，"万善德为本，百善孝为先"，父母生儿育女，含辛茹苦，一生操劳。有歌唱道："父母用甘甜的乳汁把你养大，扶你走路教你说话，唱着夜曲伴你入眠，心中时常把你牵挂"，声声催人泪下，撼人心魄。从十月怀胎到养大成人，无不渗透父母的心血和汗水，这其间有"慈母手中

线，游子身上衣"的百般呵护和疼爱，有"临行密密缝，意恐迟迟归"的千遍叮咛和牵挂，有"不为己身苦，常怀儿女忧"的万种柔情和眷顾，这深入骨髓、融入血脉的情和爱比海还深、比天更高。饮水要思源，知恩当图报。作为沐浴父母无限关爱的儿女该怎样回报呢？唯有孝，才能无愧于双亲，才能报得"三春晖"。

"治身莫先于孝，治国莫先于公。"孝既是传统美德，也是做人的良知和道义。试想，一个对父母的大恩大德都不尊敬、不孝敬的人，能跟别人建立诚信关系吗？能遵守社会道德规范吗？能去效忠祖国母亲吗？能成为国之栋梁、挑起民族的重担吗？

所以说，对孩子的爱，一定要有时代精神和道德取向的深刻内涵，要爱得有理，爱得有德，爱得有分寸，爱得有哲理。只有这样，才能让中华孝文化在当今的"小皇帝"中得到补充和完善，才能够做到与时俱进、广大发扬。

二要从年轻人"抓"起。不孝的人应受到人们的唾弃、鄙视。老人家辛辛苦苦把他拉扯大，为的就是想要他好好做人，等自己年老体衰后有所依靠。不料，很多人却误入歧途，踏上了一条不归路。想必这对于老人家来说应该是个无比沉重的打击吧——多年来的心血付之东流。

难道这流传千古的中华美德就这样被个别青年们"征服"了吗？不，父母对我们的养育之恩，我们不能忘！"谁言寸草心，报得三春晖！"虽然我们没有亿万家产送给父母，但我们能送一束鲜花；虽然我们没有豪华的小轿车带父母出门旅行，但我们能牵着父母的手陪他们散散步……其实父母的要求并不高，他们只需要一点温暖。我们应该尽我们的能力，为他们尽孝！

古人云："百善孝为先，万恶淫为首。""棍棒出孝子，娇养无益虫。"湖北老河口有一老人言传身教，教育出几个孝顺的子

女。其中最典型的做法就是果断决策。依照法律赋予自己的权利，切断一切"经济供养生命线"，让成家孩子自己去"立业"！同时，视其变化决定是否取消其遗产继承权力，而不是被孩子们"赶"得四处"跑"。主动改变"养儿防老观念"，与社区养老院联系或寻找生养死葬的人或组织，签订相应法律协议，将所有财产公证，保证协议落到实处。总之，家长教育孩子必须掌握遵守道德、遵守国家法律等，大事把方向，小事放开手，让其在艰苦环境中去磨炼自己，去完善自己，"吃得苦中苦，方为人上人"。

三要从老年人"做"起。现在的老人已经不是一个单纯意义上的老人了。在经济上仍然担负着对子女，甚至孙辈的支援，还在精力上给子女，甚至孙辈力所能及的照顾，更为突出的是还在思想上给子女，甚至孙辈强大的精神支柱和动力。俗话说，子不教，父之过。做老人的在望子成龙、望女成凤的良好愿望中，既要给他们各个方面的照顾，更重要的是要教给他们做人的原则和道理。因此从这个意义上讲，现在的老人在弘扬孝文化上，怎么样做到与时俱进，其责任和义务就显得更加突出和具有紧迫性了。

从老人做起，一是要做到行动上以身作则，做真善美的模范，不做假恶丑的小人；二是要做到思想上爱憎分明，懂得感恩，做善良的人。

从老人做起，还要学会做老人，一是不给孩子添负担，当包袱，尽量做到自己照顾好自己，让子女安心工作；二是淡泊名利，健康生活，在保证自己生活的前提下，帮子女们的忙，做做饭菜，拖拖地板，接送一下子孙，在享受天伦之乐中度过惬意的晚年。

所以说，现在意义上的从老人做起，就进一步揭示了中华孝

文化中尊老爱幼的深刻含义，让孩子们真切地感受到老人们的付出与无私，从而唤醒孩子们内心深处真实的情感体验。每个人对老人的感激之情是自发的，应该让他们知道，每个人都会老的，历史的发展，必须一代一代地传承，今天的敬老行为，就是明天享受老人生活的传递，今天的爱幼行为，就是明天子孙和谐美满生活的延续。

"和谐"是中国传统文化的核心理念和根本精神。"和谐"两字都是指音乐的合拍与禾苗的成长，"和"即是"谐"，"谐"即是"和"，引申表示为各种事物有条不紊、井然有序和相互协调，即《中庸》里所说的"致中和，天地位焉，万物育焉"和《周礼》说的"以和邦国，以统百官，以谐万民"。

与时俱进是一个以时代特征为基础的动态概念。当今世界正在发生深刻变化。中国经过四十多年的改革开放，步入全面建成小康社会、加快推进社会主义现代化建设的新的发展阶段，经济、政治、文化和社会生活的各方面都出现了许多新情况、新问题。当今国际国内的这些变化，要求我们必须用更加深邃的历史眼光和更加宽广的世界视野，深刻认识和把握时代的发展要求和根本趋势，不断研究新情况，解决新问题，形成新认识，开辟新境界。只有这样，弘扬中华孝文化才能体现时代性。如果看不到这些变化，不能始终站在时代前列和实践前沿，中华孝文化的传统美德就不能发展，和谐社会就不能前进。综上所述，弘扬中华孝文化，与时俱进促和谐是当今社会赋予中华孝文化新的历史使命，我们从现在开始就应该认真思考，深入调查研究，找出规律，让中华孝文化为伟大的时代，为和谐社会做出新的贡献。

文艺创作篇

心 结

（小说）

这是一个鲜为人知的税收故事，也是一个牵绕着几个人数年的心结的故事。当我了解到其中的具体情节后，深为里面的三个主人公热爱和支持国家税收的精神和睿智所感动。

这是又一个新年到来前的繁忙日子，我带着省总工会的慰问金去看望省劳动模范、我市纸厂前任厂长、现在已经退休在家的方大洪。

街上到处是卖对联和灯笼的，喜欢书法和盈联的我，无心欣赏这一片热闹的景象，经过熙熙攘攘的人群，直奔方大洪家。这是一个位于城乡结合部的小院，看见老方时，他正在院子里面晒太阳，茶几上放着泡上的茶，一副老花眼镜戴着，在看一本书。仅仅只有小学三年级文化水平的他，怎么看起书来了，我虽然感到十分诧异，趁老方给我泡茶的时候，我往茶几上看了一眼，原来是关于税法的书，我感到更加诧异。

老方好像理解我的诧异，于是让我坐下，"你是大忙人，今天一定要抽点时间给我帮个忙！"没有等我的话说出口，老方就

把我按在了凳子上。"一是请你把政府给我的慰问金转交给老易会计。他一生为人小心谨慎,听说他现在身体不是很好,虽然他是我在厂长期间的老会计,这慰问金,也算是我对他的一点慰问。二是我一直感到对不起他,当年是他为了企业生产,漏报了税金,代我受'过'去'关'了几天,现在我想起来一直是忐忑不安,你看。我现在还在读关于税法的文章啊。"

老方一口气说了这么多,我的一口茶都没有来得及喝就被他的话搞懵了,我知道老方是一个急性子人,人称"方大胆"。从来不求人的人现在怎么这样婆婆妈妈的了?看见他十分内疚的样子,我不知道怎么样说好,当然我也很想知道这里面到底有一个什么样的故事。

受人之托,诚心去办。

我赶忙喝了一口茶,就去了老城区的易会计家。

看到茶几上的茶杯,我便猜想易会计在我没到以前是躺在沙发上听收音机。我把来意说明后,这位老人拉着我的手显得有些颤抖,由躺着变成了坐着,很开心地笑了一会儿,然后就慢声细气地说出了事情的原委。代厂长受"过"了,想起来不感到委屈,反而的开心地笑了,这时,我更是"丈二和尚——摸不着头脑"……

"事情发生在企业产品开始出口到国外的历史转折的时候,一向对交税都让我按时去办的方厂长考虑到企业资金周转不过来,让我把已经到账的销售收入瞒报了一笔。你知道,方厂长是一个很固执的人,不按照他的意思办,他会立刻换了我。如果按照他的意思办,又违背了我当会计的工作原则。我懂得税法是国家制定的,搞得不好,轻者开除了工作,重者是要坐牢的。我一生谨慎小心,当时真的是进退两难啊。"

说到这里，易会计又挺起了自己的身子，我给他递去了茶杯，让他喝了一口白开水。

"你知道吗？我当时一夜之间，头发都急白了啊！"易会计接着告诉我。

"正在我无计可施的时候，税务局管厂的吴科长找到了我，他知道我为人谨慎小心，更知道方厂长的大胆和固执，要处理好这样的事情真是难，但是聪明人还是聪明人啊！吴科长到底是有经验的征管员，他走到我的身边，在我的耳边悄悄地说了几句话让我依计而行……"

说到这里，易会计给我卖了一个"关子"，并且很微妙地冲我一笑，又接着说："第二天我很小心地找到了方厂长，对他说：'税务局已经知道了我们漏税的事情，那个吴科长一看我们的财务报表就清楚了，而且管工业的副市长已经在税务工作会上把你产品出口的事情大大地表扬了半天，说你是为国家，为政府做出贡献的企业家。'我想了半天，方厂长是法人代表，方厂长为了企业，又没有为自己谋利益，可是税务局这一关又过不去，只有我去税务局'学习'几天，我是主管会计，责任在我，只是这次去'学习'，怕是我就再也不能够当会计了啊。我是'明知故犯'啊！"

"我的话留在了方厂长的耳边，就灰溜溜地走了……"

"接着我就再没去上班了，后来听出纳说，第二天上班方厂长没有看见我，就用命令的口气对她说：'赶快去把漏交的税给补上，再问问易会计是否可以回来，企业少不了他。'企业的困难是暂时的，我相信政府会给我想办法渡过难关的，只是应该上交的税不交就是我的不对了。"

说到这里，易会计突然很爽朗地大笑了起来。"你知道吗？

那是吴科长用的一计，让我去了一趟北京看当兵的儿子去了。"

"这件事情我一直不敢对老方说，总感觉对不起他啊！"

听到这里，我才恍然大悟，不自觉地也大笑了起来

易会计说到这里，在边笑边对我说："这慰问金我能收吗?"

街上已经有人放起了鞭炮，路上"纳税光荣"的宣传车播放着《幸福万年长》的歌曲，我和易会计都情不自禁地奔到了家门口，看见外面的画面，感觉到：我们的生活就像天天在过年一样啊，就是有心结也是甜蜜的！

这真是企业纳税一佳话：方大胆胆再大小心纳税不含糊，易小心心再小大胆纳税有主见。更难得的是：吴精明巧用睿智破难题，社会和谐纳税企业共开孝感幸福花！

楼梯台阶

2016 年 6 月 8 日，就是端午节前夕。

这是一个难得的清晨，一个多月来，每到周末就下雨的南京梅雨季，因为社区要主办"爱心为老，喜迎端午"慰问空巢老人的活动，天空露出了笑脸。在喜鹊鸣叫第一声前的时刻，梅奶奶就起床了。

自从前天接到社区养老中心小王的电话后，梅奶奶就兴奋万分，去年春节前夕，天寒地冻的，没有能够参加社区专门为空巢老人组织的春节慰问活动已经让她后悔至极，这次一定不能错过了。

老人的睡眠本来就少，加上梅奶奶的三保险策略——给自己的手机定时在早晨五点半；把小闹钟也定在到早晨五点半；跟小保姆秀秀约法三章，必须在早晨五点半叫她起床。她怕小保姆困，起来不了，早在前一天晚上八点半就关了电视、电脑，让她早早睡觉。没等到计划彻底实施，梅奶奶就起床了。

从以上描述中大家一定想问，什么事值得梅奶奶这么精心安排呢？

梅奶奶今年是七十九岁的人了。她出生在能歌善舞的湖北宜昌土家族山寨，是屈原家乡人。中华人民共和国成立后随着部队文工团来到了南京，复员后在市少年文化宫担任舞蹈老师直至退休。老公也是一位军人，前几年因病离开了人世，有一个女儿喜爱科学，非要去美国发展，就这样，两个好强的女人各自为自己的理想天各一方地生活着。

苑里的喜鹊，从这棵树上向那棵树上往返跳跃，清脆的鸟鸣欢快、悦耳。

梅奶奶坐在轮椅上，秀秀缓缓地把她推到了社区文化活动中心的一楼大厅。这是一个坐北朝南水泥钢筋架构的两层楼，一楼是办公室、针灸理疗室。靠西边有十几个台阶连接着二楼，二楼才是文化活动中心，有电视、音箱及桌椅板凳，靠东边还有一个图书室。

梅奶奶抬头看了看一楼大厅墙壁上的石英钟，指针刚刚指到了八点。她在轮椅上摇了摇已经坐得很正的身体，眼睛盯着每个到二楼去参加活动的人们。

在事业单位待惯了的梅奶奶晓得，电话通知九点半开会，一般都是九点半开会，十点钟到，十点半才开始作报告。明知道时间还早，但是梅奶奶还是坚持早到。她知道她的名字已经贴在二楼嘉宾席的第一排，她要把自己完美的形象展现给大家。

此时的梅奶奶发髻高耸，发理整齐；上身着黑白相间的羊绒蝙蝠衫，下身着一条米色笔筒裤，足蹬一双米色的坡跟皮鞋。脸上略施粉黛，五官端正，眼睫毛虽然是贴上去的，但也难分真假，尤其是一对杏核眼，光亮鲜活，给她的年纪减分不少，给她的形象增色更多。想必年轻时一定是一个人见人爱的美人胚子。

"蓝蓝婆婆，你也来了。"

"是啊，你早到了。上去吧。"

"我的腿不方便，等会儿再上去。"

梅奶奶就这样跟参加活动的空巢老人们打着招呼，扬起来的粉红色手绢飘着一阵阵郁金香水的味道。

梅奶奶自从双腿骨折到现在，已经有半年了，没有像现在这样开心过。

此时，从外面走来了两个女人。

"已经全部安排好了，有粽子、鸭蛋、水果，等等，就等着主任你到场了。"个子偏矮的女人说道。

"这个奶奶呢，是来参加活动的吗？怎么没有上去啊？"个子偏高的女人问。

"这个奶奶不能够行走，把礼品给她，就不上楼了吧。"

听见两个女人对话的梅奶奶，顿时脸色煞白，一脸的笑容蓦地僵硬在哪里，笑不像笑，哭不像哭。

"两个领导，一定要让梅奶奶上去，什么礼品都可以不要，她就是想上去看看。"还是秀秀懂得梅奶奶的心思。

"想办法把梅奶奶抬上去。"主任小声地咨询矮个子女人的意见。

"还是不要抬吧，如果出现了事故，不好交差啊。"矮个子女人扯了一下高个子女人的裙子。

"哇……"秀秀首先大声地哭了起来。

"嗯……"梅奶奶压抑着自己的声音也抽泣起来。

"你们知道吗？梅奶奶是为了给社区舞蹈队的阿姨们编排节目，为了一个优美的动作，不小心才骨折的，她说，用钱可以买到的东西，她已经不稀罕了，她现在最想要的就是用钱都买不到的东西啊。"

秀秀拉着高个子女人的手央求到。

"这位是我们社区新来的'村官'大学生。"矮个子向梅奶奶和秀秀补充介绍到。

"村官姑娘，我就想上二楼和大家一起共同参加活动，这可恶的楼梯台阶怎么就这样残忍，近在咫尺，却隔断了我的一片期盼啊。"

梅奶奶一边擂着自己的双腿，一边低头哭诉。

什么是用钱买不到的东西，高个子女人还来不及细想。她在梅奶奶轮椅前，弯下身子，双手把梅奶奶的手往自己的肩膀上一搭，背起梅奶奶，呀，好沉啊，她咬紧了牙关，努力挺直了身子，就往二楼爬去。她想，我就是要满足梅奶奶的一点心愿。

在上楼拐弯处，在快到二楼楼梯口，高个子女人几乎是贴着台阶在爬着前进……

说到这样，大家可想而知，此时二楼上的慰问活动一定是歌舞升平，欢声笑语了。

但是人们会从这个仅仅只有十几步的楼梯台阶中想到些什么呢？领悟到一些什么呢？

我认为，这段楼梯台阶至少是社区工作人员与空巢老人之间心连心连接的一座桥梁。

这正是：

居家养老要搞好，

社区作用不能少。

三米台阶见精神，

再多金钱买不到。

夫妻情

（方言小品）

人物： 麻糖哥——简称"夫"，麻糖米酒公司生产主管

　　　　米酒花——简称"妻"，麻糖米酒公司销售经理

场景： 一桌二椅

道具： 麻糖果、果盘、葡萄酒、高脚杯、一束玫瑰

（幕起，灯亮，夫抹围裙上场……）

夫：人知孝感有董郎，

董郎故里有麻糖，

我就是个"麻糖哥"，

生活过得喜洋洋。

孝感米酒甜又香，

味美酒好传四方。

我娶娇妻"米酒花"，

"麻糖米酒"是一家。

亲爱的朋友们，大家好。

哈哈……问我么样这高兴？今天啊，我屋里"一个是生日，一个是结婚纪念日"，一个是"麻糖果"试生产成功了。大好日子要庆贺，我是带回"麻果"买了花，还炖了一只大"王八"。微信催了三次米酒花，米花啊，你已经是出差二十几天了。

（自唱：你快回来，我一人承受不来，你快回来，生命因你而精彩。）

（妻在夫唱中出场）

妻：我叫米酒花，

公司把销售抓，

微信说老妈生了病，

急急忙忙赶回家。

妈——

夫：（突然见妻，欲上前拥抱）米花，你回了……

妻：哎，莫疯里魔气，妈呢？

夫：妈去跳舞去了。

妻：你微信说妈病了，要我赶在今天速到家。

夫：妈没病。

妻：你、你货我。

夫：不货，不货你还晓的回来。

妻：你要货怎么不说你有病。

夫：晓得你是一个讲孝心的好女人，说妈病了，你就会往家跑。

妻：今天是么样说蛮话啊，你知道公司现在是销售旺季，不赶紧销售，赶紧收款，企业么样发展啊，销售员越忙，你们就可以满索子生产。说实话，不是你说妈病了，我还要去济南呢。

夫：么样？你还要走？

妻：我是个搞销售的，不在外面跑，专门在屋里么样行啊。

夫：人家老总都批你假让你休息几天的。

妻：是可以休假，可我包片的任务谁又能替我完成呢？

夫：你的任务没人替你完成，那你也不可以不要这个家啊。

妻：好好好，不和你争了（娇柔状），你今天急着把我喊回来有么事？

夫：你看你忙的几狠哦，连自己的生日都忘记了。

妻：哦哟，今天都十七号了。

夫：还有哦……

妻：还有么事？

夫：嗨——结婚纪念日沙，我还真信了你的邪。

妻：对。你选结婚日子时非要选我的生日那天，说更有意义。

夫：亏你算记起来了，还有一个好消息，休闲"糖果型麻糖"……

妻：成功了？麻哥，有你，我骄傲。当初不是看你细心体贴，鬼才找你。那你休息哈，我去做两个菜，陪你喝两杯。（欲去厨房）

夫：米花，米花……有你这话就够了。我啊都准备好了。这是我们刚刚开发出来的新产品——糖果麻糖，八种风味，既有营养又休闲，茶楼可以当点心；KTV、商务间，边谈业务边养心。今天啊，我们就好好庆贺哈。

妻：庆贺就庆贺，你把妈支起走搞么事？

夫：我妈太精明，她老人家在屋里，想浪漫点算搞不成。

妻：瞧你个痞像。

（两人坐下，夫倒好酒，突然从背后拿出一束玫瑰）

夫：米花，生日快乐！

妻：（感动）麻哥，你好浪漫啊！

夫：我们的生活比蜜甜，现在不浪漫还真不行。（学普通话）年轻时我们不懂爱情，现在是越老越要浪漫……（看妻有泪）哎哎，好好的生日哭个事情勒。

妻：好，今天就浪漫浪漫，干杯……

夫：莫慌，来点祝酒词。

妻：哦。那说点么事？这样，第一杯感谢你这些年为家操劳。

夫：你在外面东奔西忙，在家做事就是我是理该应当，心疼你啊，不过话说回来，你啊也不是不会做，就是有点猪八戒背媳妇——家懒外勤。

妻：那个叫你把我惯坏的。你人心诚，爱学习，会疼人，从来也不扯冤枉皮，来，我再敬你，麻哥。

夫：谢米花，还晓的我这人好哦。（喝酒）

妻：麻哥。（温情，娇滴滴的）

夫：米花，莫喊了，再喊我就不是麻哥了，是麻……麻……麻人。

妻：呵呵……

夫：哈哈……

妻：（突然想起什么）麻个鬼。我想起来了，还真扯了一回冤枉皮的。

夫：几时扯了皮的？

妻：那回有人把醋瓶子打翻了。

夫：哦。那次啊，那是你的不对。

妻：是你不对。

夫：好，我和大家讲哈……

妻：我说的比你清楚些。我包的华北片有个代理叫郝丸……

夫：不晓得几丑的 111。（光棍汉，1 表示光棍）

妻：去年年底，郝丸那销售上不去，货款也收不回，拖了全公司的后腿，你不是也跟着着急吗？

夫：么郝丸，是"好玩"，你去帮他出出主意可得，可你三不时和他走这个点，到那个店，还和他一起往别人屋里跑——（米花欲打麻哥）去收款……大家说啊，一个光棍和一个美女……

妻：当时任务重，领导要求高，各个片都红旗飘飘，唯独我的"旷档"不少，连你都为我到处跑。

夫：也出了个鬼，这七跑八跑还硬是把销路搞活了，款也回得快，人家说啊，还是美女有魅力。这好，其他有困难的都来找你，我这屋里啊成了麻糖米酒洽谈会了，这结了婚的，没结婚的，帅的丑的排着队来，一来就把你喊跑了，我这心里就像 15 只水桶打水——七上八下的。

妻：别人不了解我，你还不了解我。

夫：我还不是怕你鱼肉吃多了想换口味，说不定喜欢点萝卜白菜。

妻：莫鬼款。么样些，后来时间证明一切，人正不怕影子斜。

夫，只有你傻，他们要谢你，送的东西一个都不要，还交代我任何人送东西都不许收。

妻：米花是一个干净人，不做蚊子和"苍蝇"。

夫：跟你闹得玩的，你不晓得，我当时快成了俄罗斯的人了。

妻：么样讲？

夫：压—力—山—大。

妻：感谢你为我承担的压力，我再敬你……（妻手机响）你好……奥……啊……奥……啊……好好，我马上来。

夫：又么事？

妻：郝丸今天一下联系了三家代理商，上十吨麻糖米酒明天就要……

夫：又是他，让他等到不就行了，关你么事。

妻：怎么不关我事，我们包片的销售人员不但要为片点负责，还要为代理商排忧解难，我不去帮助协调，把客户推到其他厂家不说，公司名誉也要受影响。（背包要走）

夫：那你吃点再去。

妻：不吃了，人家一下联系了那么大的单，蛮着急的。

夫：人家，人家，你就晓得人家，怎么不晓得我，为了这餐饭我策划了好几天，今天从早晨到现在忙得不亦乐乎，怎么了，"世界之大，你说走就走"。

妻：不走，么样办，走了啊。

夫：回来，我轻易不发脾气的，今天，只要你走出这个门，那就是三个字……

妻：（惊诧，急刹）今天麻哥是么样啊，不走，公司损失大；走了，要出丫权，三个字，好黑人啊。（犹豫不决，手机又响了）（画外音：米花，客户非要见你，不来就要黄了啊。）走，麻哥，现在我是走定了！你答应我走，是三个字，不答应我走，也是三个字，你看着办。

夫：（偷笑）公私面前看人品，米花确实分得清。只是借此黑下她，我再么样狠，总是个"气管炎"。米花，你这样做，到底是为了么事啊？

（感人音乐起）

妻：为么事？为了你，也为了这个家，更为了我们的企业。麻哥啊，想当初，你我应聘到公司，你搞新产品开发，并且积极推荐我到销售岗位，说我是学营销的，能够发挥专长。你再看对门住的小杨，他孩子不到一岁，家里还有个瘫痪的母亲，可他一样是起早贪黑，奔忙在销售的第一线，他老婆在家顾老又顾小，没有一句怨言，因为她晓得"没得大家，哪有我们的小家"。你听，这话说得多贴心啊！就像熨斗搁在锅铲上——

夫：么样？

妻：熨铁（贴）啊。

麻哥，在孝感麻糖米酒有限责任公司像他这样的人又何止一个，这样的家庭又何止一双。他们是为了么事，还不是为了企业这个大家庭的兴旺发达，还不是为了我们共同的中国梦吗？

（转身欲下场）

夫：米花，我……我……（惭愧地低下了头）

妻：呵呵……我可以走了吗？

夫：当然。

妻：那三个字？

夫：不说了。（不好意思）

妻：要说。

夫：（对着米花耳语）

妻：不行，现在当着大家的面不说出来我就不走了。

夫：那我说了你就快走吗？（边给米花递背包）

（难以开口，米花示意）好，说就说，米花，"我要你……"（含糊不清）

妻：再说。

夫：我要你。（仍然是含糊不清）

妻：么事，你要离？

夫：哦，错了，错了。（抽了自己一巴掌）我说的是我—要
—你……（激情音乐起）么样"你、离"不分啊。拼音没学好。

妻：给，这是给你的结婚纪念品（围巾或者皮带）。（米花上
前给了麻哥一个吻，转身下场。音乐突止，惊醒）

夫：围巾是想围住我的心啊，皮带是想系住我的身啊。来，
吃块糖果吧，你总希望我多搞一些新产品满足市场需要，你
尝……（看已无人，捧起糖果）米花，米花，我不是为难你，我
是心疼你啊，虽然你现在又忙去了，还没有来得及尝一尝这糖果
型麻糖，那我就请大家替你吃了吧，（把麻糖型糖果撒向台下
……）亲们，让我们一起唱首《生日快乐》歌献给为企业奔波在
外的亲人吧。（音乐起）

祝你生日快乐……米花，你听见了吗，你听见了吗？（定
格）

（音乐在高潮中结束）

"熊猫血" 传情

（栏目剧）

——《采血护士日记》无偿献血栏目剧之一

12 月 31 日　阴天

"这是我做采血护士工作以来，心灵经受的最震撼的一天……"

主要人物：小　燕　女　二十岁　孝感学院学生

　　　　　A 护士　女　三十岁左右　孝感市中心血站护士

　　　　　李科长　男　三十岁左右　孝感市中心血站科长

　　　　　王站长　男　四十五岁左右　孝感室中心血站

　　　　　站长

　　　　　胡县长　女　三十九岁　某县副县长

　　　　　薛女士　女　四十岁左右　台湾（孝感籍）某企

　　　　　　　　　　　　　　　　　业董事长

　　　　　护包人　女　二十岁左右　某企业总经理秘书

　　　　　歹　徒　男　三十岁左右　无业游民

　　场景一：[孝感市长途汽车站] 人头攒动，过往车辆上各种广告五彩缤纷，琳琅满目。

汽车站的大型电子屏幕上，滚动几行字：元旦愉快！安全旅行！

12 月 31 日 08 点 21 分 21 秒。

这是一个十分阴冷的上午。

广播员的声音。

"各位旅客：欢迎你乘坐本站开往各地的公交车，候车室为你安排了热茶水，手机万能充电孔和电脑插孔。这些将免费为你提供。"

广播室里面再次传来了声音：

"各位旅客请注意，开往恩施去的 XX 次班车准备检票了，有去恩施方向的旅客做好准备，请在 8 号检票口检票进站。"

在等车的人群中，一个女青年被准备上车的人流挤到了后面。

她一只手拎着一个塑料蛇皮袋，里面沉甸甸的装着几本书，为了方便上车，她把一个没有吃完的烧饼放在书上，另一只手拿着汽车票跟在排队的人群里面，在拎着塑料蛇皮袋的手中，似乎还有一封已经拆开了的信件。

场景二：［市中心血站供血科办公室］办公桌上有电脑，有两部电话，红颜色一部对外，白颜色一部对内。

红颜色的电话铃声是歌曲《爱的奉献》，"只要人人都献出一片爱，世界将变成美好的明天……"

李科长接电话。

"是中心血站吗？请问有 RH 阴性 AB 型血吗？（云梦口音）我们县医院有一位急诊患者，需要输血抢救。"

"好的，我在电脑数据库里找找，等我的消息。"

李科长迅速上网查找资料。

白颜色电话设置的是语言："请接电话。"（标准的女播音员声音）

李科长把电话放在脖子上夹着，双手还不停地电脑上敲打着。

"李科长吗？现在是上午 8 点 24 分，刚才云梦县胡县长打来电话，说为了抢救一个舍己救人的英雄，急需要'熊猫血'，是的。对，对的，血型太特别了，太稀少了，不管想什么办法，一定要尽快联系上一两个志愿者，这可是考验我们血站工作的关键时刻啊。"

这是中心血站王站长的命令。

"我正在查找。"

键盘的敲打声一阵阵响遍了整个科室，整个血站，整个孝感城……

场景三：[县城一个巷子里面] 四周都是墙壁，偶尔有几扇窗户，也都是紧闭着。

一个男子手上拿着一把多用途水果刀，一只手抓着一个妇女的手提包。妇女发出了求救的呼喊："这是我们富思特公司捐给灾区的爱心款，一分钱都不能动的，你不能够抢走的。""你再抢，我就喊人了。"

（抢包和护包的动作相互切换着）

"捉抢犯啊……"

穷凶极恶的歹徒一刀割断了妇女手提包的背带。

"我早就盯上你了，今天是非抢不可。"

同时一脚踹开了倒在地上的妇女，准备脱身而逃。转身却被

一个人严严实实地堵住了。

"哪里跑，快把皮包还给她。"

一个女人的声音斩钉截铁。

歹徒见有人堵住了逃走的出路。慌乱之中，一刀捅进了这个女人的胸膛。

"抓抢犯啊……抓抢犯啊……"

闻声而来的民警和群众抓住了歹徒。

一辆110警车把歹徒押去了派出所。

一辆120救护车把受伤的女人送到了县医院。

场景四：[县医院外科抢救室内] 无影灯下，躺着一个女人，嘴巴上照着氧气罩，抢救医生一直用消毒过的棉签揉着患者的血，手术床旁边有半小桶污浊的棉签和血……

主刀医生说："失血太多，做好输血抢救。"

护士长说："患者血型特殊，是RH阴性AB型，属于熊猫血。"

"快联系血源，一刻不能迟缓……"院长说。

县医院外科抢救室外，抱着断了皮包带子的妇女，首先央求着医生抽她的血："请首先检测我的血型，好吗？"

一只白嫩嫩的手臂展现在大家面前。

一只只胳膊都挽起了衣袖，要求现场检验血型……

"我是O型……"

"我是B型……"

在许多要求捐血的人群里，院长看见了一个熟悉的身影。

"胡副县长，您什么来了？"

"你知道这个舍己救人的女人是谁吗？"

"不知道?"

"她就是从台湾归来投资兴建'仁爱'医院的薛董事长啊!"

"我是 B 型……"

"我是 AB 型……"

胡副县长说:

"大家安静,安静……感谢大家了。献血,一是要经过市中心血站十分严格的程序检测才可以捐献,不是说想献血就可以献的。二是患者现在需要的是'熊猫稀有血',我们正在求助市中心血站呢!"

医院走廊上的电子钟清晰地定格在 8 点 21 分 21 秒。

胡副县长看了看电子钟,立即拿出手机,开始拨打……

场景五:[市中心血站办公楼]采血护士办公室。

办公桌上放着一台红色笔记本电脑。A 护士坐在电脑前。

A 护士双手敲打着键盘,电脑屏幕上显出了这样的几行字(旁白):

"RH 阴性血在我国汉族人群中的比例大约占 0.3%。因为非常稀有,所以又被称为'熊猫血'。随着血型血清学的深入研究,科学家们已将所发现的稀有血型,分别建立起了稀有血型系统。如 RH……"

[供血科办公室]

李科长电脑屏幕上,志愿者血型数据资料缓慢滚动,一直在"熊猫血"中运行,

RH—A,

RH—B,

RH—C,

李科长的额头上已经沁出了汗水……

场景六：[孝感市长途汽车站] 大型电子屏幕上仍然滚动着几行字：

元旦愉快！安全旅行！

12 月 31 日 08 点 27 分 27 秒

候车大厅旅客来来往往，汽车鸣笛声不断。

拎塑料蛇皮袋的女青年再次把信封放在手心里，准备去检票上车了，口里却念念有词地说：

"妈妈，我马上就要上车了，下午就可以回到你的身边，妈妈，坚持！"

场景七：[县医院外科抢救室外]

胡副县长和在场的人们焦急地等待着中心血站的消息。

胡副县长再次拨通了手机，"你们一定要在三十分钟内把'熊猫血'送到这里，这既是请求，更是要求。"

场景八：市中心血站站长办公室。

王站长一只手拿着手机，另一只手拿起办公桌上的白颜色座机。

"好，找到了就好，为了抢时间，李科长，你和 A 护士，赶快带上急救品上应急一号采血车，赶到孝感市长途汽车站。"

"张科长你尽快到孝感市长途汽车站待命，我马上就到。"

"周副站长，为了确保万无一失，请你去恩施长途车途经 B 镇的高速道口等待，请随时保持联系"。

布置完了这些事项，王站长穿上了外套，急忙上了下楼的

电梯。

电梯上闪动着楼层标识：5，4，3，2，1……

场景九：［孝感市长途汽车站采血车上］

A护士已经做好了采血的准备工作，李科长和拎塑料蛇皮袋的女青年对面坐着。

"小燕同学，我们是去年到孝感学院采血的时候，知道了你的血型，你也参加了'熊猫'血型志愿者联谊会，这样我就把你这个'小熊猫'的'熊猫血'记录在我们的电脑资料库了。在孝感，我们电脑资料库里面：像你这样血型的人只有两个，另外一个人还在外地建筑工地上，联系不上，为了抢救病人，而且是抢救一位舍己救人的英雄，今天，找到你可真不容易啊！"

小燕面露为难之色，眼睛望着窗外。

李科长滔滔不绝地说着话。

A护士用手扯了扯李科长的衣服，嘴巴朝小燕同学身上嘟了嘟。

李科长一脸的莫名其妙……

小燕说："李科长，我是无偿献血的志愿者，我也知道我的血是稀有的，只是……只是……我这个血今天不能献，说着说着眼泪就流出来了……"

对话的时候，把手中的那封信递给了李科长，然后自己站起来打开汽车门，掩泪冲了出去……

小燕妈妈的话外音：

"……小燕，妈妈做脑肿瘤手术，已经定在12月31日下午。你和妈妈的血型是一样的，你知道。家里现在很不富裕，妈妈知道你是一个孝顺的孩子，执意要为妈妈献血，为了不影响你的学

习，和医生商量把手术一直推迟到年底，就是想等你放假回来，妈妈相信有你的血，会保佑妈妈平安的，妈妈盼你回来……"

A护士（旁白）："一边是自己亲生的母亲，一边是舍己救人的英雄，血又这么少，一次又只能抽那么少，不管献给谁都会伤害到另一个人的生命。小燕难以取舍，谁碰着了又好取舍呢？真是难办啊！"

采血车里面的空气好像凝固了，安静得没有一点声音。坐在里面的人感到有一点儿窒息，呼吸都感到了苦难。

王站长把小燕接到了汽车里面，立即做出了一个大胆的决定："小燕，这样办，好吗？你妈妈所需要的血，我马上请求省中心血站领导向恩施中心血站求助，一定准时给你妈妈献上最好的'熊猫血'，你呢……好吗？"

说完，王站长拨通了省中心血站领导的电话……

A护士一下子喜出望外。

"还是站长有板眼，不服不行啊！这可真是一个两全其美的好办法啊！"

小燕沉思了一会，马上醒悟了，拥抱着王站长，由泣而笑。

"相信你，站长。我的一次，就是她人的一生，帮人也是帮自己，这样的道理我懂。A护士，救英雄要紧啊，请检测，合格后就快抽我的血吧！请转告我妈妈，不管输入谁的血，滴滴都浓于情。"

采血车外，长途汽车站广播里传来了婉转动听的歌曲：

"我们都有一个家，

名字叫中国，

兄弟姐妹都很多，

景色也不错……"

场景十：［县医院外科抢救室］

走廊里面的电子钟的指示是：

12月31日08点58分00秒

无影灯熄灭了，门打开了。

医生和护士也慢慢地走了出来。

院长来不及给胡副县长说什么，首先用右手做了一个OK的手势。

胡副县长上前和院长紧紧地拥抱着。

场景十一：［孝感市汽车站采血车站里］

A护士递给小燕一杯热牛奶。

王站长手机里传了胡副县长的声音："一是感谢小燕同学做了一件大善事；二是告诉小燕同学在车上等我一会儿，我要亲自开车把小燕同学送到恩施，送到她妈妈的身边去；三是她妈妈所需要的血源已经联系到了两个志愿者，可以确保她妈妈的用血数量；四是一个更好的消息，就是我县富思特上市公司老总决定给小燕同学以后每年的助学金。"

王站长的手机音量开到了最大，在场的每个人都听得十分清楚。

李科长的脸上笑开了花，

王站长脸上的汗水忘记擦，

小燕的眼睛里噙着激动的泪花。

镜头最后定格在几张不同的笑脸上。

"献血证"与"结婚证"的故事

——《采血护士日记》无偿献血栏目剧之二

7月1日 晴天

"今天是一个特殊的日子，既是中国共产党成立XX年，又是我见证了一对新人拿着结婚证前来捐血拿献血证的过程。这个特殊的日子、特别的故事让我心潮澎湃，久久不能平息……"

主要人物： 杨　鹃　女　二十四岁　某职业学校老师

丁　壮　男　三十岁　某政府机关公务员

杨　母　女　五十岁　下岗工人

A护士　女　三十岁左右　市中心血站护士

戴科长　男　五十岁　政府公务员，无偿献血志
愿者副队长

王站长　男　四十五岁　市中心血站站长

一、相亲"晕血"

场景一：[餐厅一角] 下午。

餐桌上铺着干净的桌布，碗筷，杯等。

戴：你们慢慢吃，我去一下洗手间。（说着起身，趁机用手把丁壮捅了一下）

丁：给，请尝尝这肉，一点都不腻，这可是这家餐厅的特色菜——花园红烧肉，既好吃，又美容。

杨：不吃。（小声细气，还带有一点矜持）

丁：听戴科长说，你特能喝酒，一次一口喝了半盏子，把一个色狼校长喝投了降的。来，我们喝一点。好吗？

杨：不喝。（仍然是小声细气，矜持劲更浓了）

（戴端来了一盘炸好的花生米）

戴：这是这个餐厅的又一特色，是老板送给我们的，大悟红衣小花生米，又香又养颜，送中央的首长，他们喜欢的不得了的。

丁：中央首长都喜欢吃的东西，来，你随么样要戳几粒尝一下。

杨：我只吃皮，不吃米……（脸上的神色不定，似乎心不在焉）我去一下洗手间……

丁：（对刚坐下来的媒人说）看你推荐的这个姑娘，油盐不沾，是不是不喜欢我啊。

戴：不是的，喜欢，喜欢。（眼睛抬起来，刚好和从洗手间出来的杨鹃对上了。）

（杨鹃抬起左手，用右手指着手表，打着哑语：时间到了，我要走了……）

戴：丁壮，鹃鹃有事要走了，你去送送她。

杨：不用，不用，后会有期。（说着伸出了手和丁壮握握手，走出了大门）

（丁壮默默地看着杨鹃离开了自己的视线，忐忑不安地坐了下来）

（突然一女人冲上来，抢着花生米就吃，口里喃喃有词地说着：养血，养血）

（丁壮还没有从杨鹃离开的思绪中缓过神来，被突如其来的情况搞愣了，于是去抢装花生米的盘子，不小心盘子摔破了，并且把那女人的手划破了，鲜血直流）

戴：丁壮，你怎么晕血啊。（丁壮倒在沙发上，戴给他喂着白开水）

场景二：［某茶艺坊一角］晚上。

小茶几上放着泡好的菊花茶，两个小茶杯，几碟点心，最突出的是有孝感市麻糖米酒公司生产的专用麻糖丁，米酒汁，蔬果。

（电视屏幕上传来阵阵萨克斯独奏的声音）

戴：你知道今天下午鹃鹃为什么不吃肉，不喝酒，神色不定吗？

你知道她急急忙忙去那里了吗？

你知道刚才那个抢花生米吃的女人是谁吗？

丁：（一头的雾水）不知道？

戴：鹃鹃是一个好姑娘啊！

（情景再现）：十二年前的一天，天空下着雨。某医院急诊室外：一个女人声嘶力竭的喊叫着：老天爷啊，为什么偏偏就要了他的命啊，我身上有血啊，可以抽我的血给他救命啊！旁边一个小女孩紧紧抱着女人的腿，哭叫着：爸爸，爸爸……妈妈，妈妈，我要爸爸……

场景三：

(情景再现) 采血车上，一个女孩要求献血

问：小朋友，你这么瘦弱，去称一下体重，看有没有四十五千克。

答：可以不称吗？

问：不行！《献血者健康检查标准》明确要求：女性必须大于或等于四十五千克，否则就不能献血。

答：阿姨，你看，还多了 30 克呢？

问：看你像是一个学生，是吧？

答：恩。

问：快回去上课吧，这里不是好玩的地方。

答：你是门缝里看人——

问：怎么门缝看人啊？瞧你这孩子，人小鬼大得很啊！

答：把我看扁了。

问：呵呵，没有十八岁仍然不能献血。

答：我早就学习过了，以为我不知道啊，给，这是我的身份证，今天正是我十八岁的生日，无偿献血，我要把这作为自己的成人礼献给自己，十八年前，爸妈赋予了我的生命，今天我有机会赋予别人第二次生命。我感觉是最有意义的。

场景四：[茶艺坊一角] (同场景二)

戴：就这样，小鹃鹃已经坚持了几年无偿献血了，今天她和血站机采科约好了去献血，她本来想过几天和你约会的，是我硬是把她抓来了。不吃肉，不喝酒是怕血液出现"脂肪血"，神色不定是怕耽误了献血的时间，这样有爱心的姑娘打着灯笼也难找啊。

（说着，用手狠狠地戳了一下丁壮的脑壳）

丁：人，尤其是一个女人，就是因为可爱而美丽，这样有爱心的女人我一定要珍惜，一定要娶到她。

（丁壮像是在给戴表态，更像是在给自己下决心，激动之处，双手都握成了拳头）

二、求爱"捐血"

场景五：[某医院住院病房 N 床]

床头上挂着一个病人的说明牌：丁壮：男，二十八岁，急性阑尾炎

杨鹃：快起来活动活动，医生说了，尽量多运动，有利于身体恢复。

丁壮：哎哟……唉哟……疼死了！

杨鹃：小小的阑尾炎手术都怕成这样了，亏你还是一个男人呢。

丁壮：真是坐着说话腰不疼啊，如果不疼，我愿意叫唤吗？（说着欲上前揪杨鹃，步子大了一点）

哎哟，哎哟。（一边叫唤，一边身子疼得蹲了下去）

杨鹃：哈哈……好了，我来扶你，好吗？简直就是一个长不大的孩子啊！

场景六：[后湖公园相思亭，亭台楼阁]阴雨蒙蒙。

微风阵阵，湖面上泛起了层层波浪，远处传来《敖包相会》的歌声……

杨鹃：十二年前，我的爸爸在一次工伤事故中，因为没有适合的血液及时抢救，就……

丁壮：（拿出手纸巾给杨鹃拭去泪水）

杨鹃：我的爸妈，他们十分恩爱，特别是我爸爸，真是一个男子汉。有一次手掌肿得厉害，还坚持着给我妈妈洗头，洗脚。你知道十指钻心是怎样的疼痛吗？

丁壮下意识地摸了摸自己的腹部，耳边又响起了杨鹃的声音："小小的阑尾炎手术你就怕得这样了，亏你还是一个男人呢！"

杨鹃：我可怜的妈妈因为思念爸爸，成天呆呆地望着爸爸的照片喃喃自语，精神出现了分裂……在我十八岁那天我就下决心，一定要坚持献血，让无数个急需输血的人，不再妻离子散，让人人都有一个完整的家庭，我希望我的男朋友支持我的行动，而且也……

说着，杨鹃的手紧紧地握着丁壮的手，眼睛里充满了期待。

丁壮似乎感触到了杨鹃这颗炽热而期盼的心，于是把握着的双手攥得更紧了。

"看我的行动吧！"

场景七：[董永公园林荫道] 清晨。

薄雾初起，鸟语花香……

丁壮：妈，歇会吧！（一会给递上毛巾，一会递上一杯豆浆）

杨母：多亏了你啊，壮壮。俗话说：一个女婿半个儿，我看你比我的亲儿还要好啊！

丁壮：妈妈，这是我应该孝敬你的，你的身体康复了就是我最高兴的事情。只是我做得还很不够啊。

戴：这次多亏了中心血站的领导和同志们给你捐款一万六千元帮你住院治疗，是你养了一个好姑娘给你带来的福气啊。

杨母：鹃鹃这孩子也真争气。

戴：是啊，这么多年，她累计无偿献血三十次，又被评为"全国无偿献血奉献金奖"，"孝感市首届十大杰出志愿者"，是我们志愿者中的佼佼者。

杨母：壮壮，鹃鹃也不容易啊，自小就没有了父爱，你是一个男人，一定要对她好啊，晓得吗？

丁壮：妈，我晓得的（嘴巴贴着妈的耳朵），只是鹃鹃还不肯答应嫁给。

杨母：我的赞成票早就投给你了，你啊，应该"凤求凰"啊！（两人的笑声在公园上空荡漾着……）

场景八：[后湖公园相思亭，亭台楼阁] 阳光灿烂。

湖面上几只游艇游弋，天空上白鹭翱翔，《敖包相会》的歌声又起。

（场景重现）

杨鹃：你胆小怕疼，我不嫁给你。

丁壮：你妈都已经给街坊讲了，那怎么办？（急了）

杨鹃：凉拌。（办）

丁壮：那……那……

杨鹃：那么事那？要不，你去献一次血，我就答应你。（坏笑）

丁壮：你……你……你晓得我是晕血的啊！

（回到现实）

丁壮：鹃鹃，我这次是第三次向你求婚了，你不答应，我就……

（鹃鹃立即把丁的嘴巴给堵上）

杨鹃：我不知道你在说什么。

丁壮：我就……我就……再也不向你求婚了！

杨鹃：你说么事？（十分惊讶）你……你……你再说一遍！

丁壮：我……我……（欲言又止）

杨鹃：我跟你开玩笑你可当真了，你……你再说一次……

丁壮：你转过去，我就……就说……

杨鹃：（强忍住泪水）转就转。

丁壮：（很神秘地从口袋里面拿出一个红本子）你转过来。

杨鹃：你不说，我就不转！

丁壮：鹃鹃，我……爱……你……（声音很轻，但字字清晰）

（整个公园十分的寂静，鸟儿也停止了歌唱，湖面也停止了荡漾，行人停止了脚步……）

杨鹃：（不知所措，慢慢地转过身来）

（丁壮双手拿着的小红本上清晰地印着五个大字——无偿献血证，良久）

壮壮，你……（任何语言都显得很苍白，杨鹃的表情由惊喜的到激动，丢弃了女人的矜持，一把抱着丁壮的脸就亲了一口）

丁壮：怎么样，肯嫁给我吗？（骄傲的神情溢于言表）

杨鹃：恩，肯……嫁……（眼内噙满了泪水）

丁壮：日子定在哪天呢？

杨鹃：傻瓜，当然是越快越好啊！

丁壮：4月17日去民政局登记，这是一个好日子！

杨鹃：4月17日，既不是双日子，又不是纪念日，是什么好日子啊？

丁壮：这可是我们俩人的纪念日。你说，4的谐音是什么？

杨鹃：是一个么好字，是死。

丁壮：月还可以怎么读，月可以理解为"活"。

杨鹃：一可以读成"要"。

丁壮：那七呢？

杨鹃：应该是"妻子"的妻。

（两人相互拍手示意）

丁壮：这不就完整了吗？

杨鹃：连接起来就是……

丁壮："死活也要你这个妻子"的好日子啊！

（丁壮单腿跪下，双手期待着杨鹃牵手，眼睛里透出了渴望，装满了激情）

（杨鹃被眼前的一幕惊呆了，心似乎要狂跳出来，好半天才缓过了神，于是用双手将丁壮扶起，两人眼睛对视了良久，心情都好似长江波涛，气息由丹田升起，转到腹部，提到胸膛，四目相对，火花四射，热泪盈眶）

杨鹃：老公。

（无言答谢，只要将发自内心的喜爱喊叫了出来）

丁壮：老婆。

（他们俩相拥了很久，很久……）

三、结婚"献血"

场景九：［董永公园］清晨，鸟语花香。

晨练的人各自进行着自己的项目。

一条横幅上清晰地印着：庆祝中国共产党成立××周年。

戴：好了，今天就锻炼到这里，快回家去看看鹃鹃她都准备好了没有。

杨母：这个孩子能干得很，她说了，今天是一个特殊的日子，想给我一个惊喜，我还在期盼着呢！

戴：这孩子，那我们也给她一个惊喜，怎么样？

杨母：好！（俩人会心地一笑，相互做了一个 OK 的手势）

场景十：［后湖公园］微风轻拂，湖水荡漾，清晨，锻炼的人来来往往。

丁：（一边给鹃鹃递上毛巾，一边接过鹃鹃的运动衣。）走吧，今天九点的活动，我们不能够迟到啊！

杨鹃：我发起的活动，怎么会迟到呢？废话！（嗔怪地打了丁一下）

场景十一：［西城区广场采血车］献血者和护士都忙碌着采血前的检测和化验。

B 护士：杨阿姨，戴叔叔，你们早！你们俩好像还不到献血的日子吧？

杨母：傻姑娘，不能够献全血，还不可以献成分血啊！人家是党员，说今天献血有意义啊！

B 护士：戴叔叔，你今天穿得这么清爽，就像一个新郎官啊！

戴：姑娘，就你嘴甜，今天啊，是我大喜的日子啊，穿漂亮一点，不会被别人嫌弃啥！（说着，眼睛往杨母那边瞟去。）

场景十二：［东城区采血车］

献血者和护士也都忙着自己的事情，杨鹃和丁壮分别在两个献血位置上抽血。

A 护士：丁壮，还记得你第一次献血的情景吗？看你那个紧张样啊，真让人担心啊。（丁指着杨对 A 护士做着不要说的手势，脸上露出了尴尬。当护士知道了丁壮的意思后，舌头伸出来做一个怪象，语言戛然而止）

（说者无心，听者有意，在旁边躺着献血的杨鹃眼里慢慢地流出了泪水）

杨鹃：壮壮，你是一个晕血者，为了我，你今天和我一起来献血，后悔吗？说真话！

丁壮：说不后悔，还是有一点后悔，那就是后悔认识你晚了一点，否则我也可以去北京风光风光啊！

杨鹃：叫你贫嘴！

丁壮：哈哈……说有一点后悔，又真的不后悔！

A护士：丁公务员，你在说绕口令啊。

丁壮：和平年代，我们没有太多的机会做出惊天动地的壮举，但可以伸出手臂，为一些素昧平生的人搭建起生命的长城。我想，当志愿者的目的应该就是让人间充满爱，让爱延续，传递……

场景十三：[东城区广场]

红色的拱门上醒目地印着横标："庆七一，我献血，颁发证书仪式"。

王站长：现在我宣布，颁发证书仪式正式开始！请孝感市技术学校的学生代表上台领取证书。

（十名学生上场，领导给颁发证书）

王站长：请问同学，你们怎么会选择今天来参加无偿献血？

学生甲：一是党的生日，也是我们光荣入党的纪念日。今天献血，表示我们继承发扬了为人民服务的好传统；二是我们的老师是今天的结婚纪念日，是她经常给我们讲解无偿献血的知识，让我们懂得了无偿献血、利人利己的道理，所以我们就选择了今天这个好日子。

王站长：下面我们就有请刚才学生们的老师，今天也参加了

无偿献血，同时又是结婚大喜日子的一对新人上场！

（在婚礼进行曲的音乐声中，杨鹃和丁壮款款入场）

王站长：请谈谈感想。

杨鹃：在党的生日这天举行婚礼，光荣献血，一是我们两人的共同约定，就是想让热血见证我们的爱情，意义重大，一生难忘；二是想给我的妈妈一个惊喜，我是一个单亲家庭长大的孩子，母亲抚养、教育我很不容易，今天就是想让妈妈看见我们的行动，让妈妈放心，因为我们是有爱心的人。

王站长：你的妈妈知道你们今天的决定吗？

杨鹃：就是想给妈妈一个惊喜，所以想回家后再告诉她。

王站长：鹃鹃，那我们现在就先给你一个惊喜，下面有请第二对新人上场！

（婚礼进行曲再次响起，杨母和戴科长穿着婚礼服徐徐走来）

杨鹃：妈妈……

杨母：鹃鹃……

王站长：下面我们有请嘉宾给这两对新人颁发献血光荣证书。

（音乐起，场上发出一阵阵热烈的掌声）

王站长：请问一下杨妈妈，你的感受是……

杨母：和我的女儿是一样的，就两点：一是给鹃鹃他们一个惊喜，年轻人能做到的事情，我们老年人也能做到；二是让热血见证我们的爱情！

（所有在场的人被这个激动的场面感染着，人们欢声笑语，天空中就像是一个巨大的共鸣箱，让热血见证他们的爱情……）

爱心大使

——《采血护士日记》无偿献血栏目剧之三

×月×日　晴天

"这个人好逗，被大家称为'孝感献血志愿者的爱心大使'，自己逢人也说自己蛮称职，平时听其他的人说得多，今天和他接触后，了解了一些他的故事。俗话说，百闻不如一见。他不仅人长得帅，而且献血的故事也特别有代表性。真是一个名副其实的爱心大使"

主要人物：A护士（晓琳）　女　二十五岁左右　市中心血站护士

祝　聪　男　三十八岁　某电视台节目主持人

丛　颖　女　三十六岁　某文化艺术中心总监

B护士　女　四十岁　市中心血站

李　三　男　四十岁左右　某农民献血者

群众甲

群众乙

群众丙

场景一：［某部队文艺宣传队营房一角］夜，路灯，健身器材。

祝聪在健身器材上做着运动，丛颖也在练习舞蹈形体，压腿，旋转。

丛　颖：哎呀，你给我想一个办法啊，我这个柔弱的身体怎么可以去献血啊！

祝　聪：你们教导员这招可真绝啊。叫每一个预备党员去献一次血，这点子好绝啊！这次献血对你就是一个最好的考验。如果献血都不敢，以后怎么献出生命呢？

丛　颖：哎呀，你幸灾乐祸啊！我只有入党，才可以提干，才可以有前途，不像你，不求进步。

祝　聪：是党员就应该心甘情愿，能献血就去献，不搞虚伪的那一套。我可不是党员，我要是党员，就是要我的命，我也去。

丛　颖：十分气愤你，语言的巨人，行动的矮子。你给我去献一次血看看。

（祝聪被刺激得无语，用一只手指着丛颖点了几下，拿起自己的衣帽就气冲冲地走了，路灯下留下了他远去的身影）

丛　颖：哎呀，你还是男人吗？怎么说走就走了啊！

（丛颖扭着身子从路灯下走过……）

场景二：［采血车上］白天。

一条横幅上印着"我不认识你，但我谢谢你"的标语

护士B：你好，来献血吗？

丛　颖：哎呀，怎么人不多啊。

护士B：你是部队的吧，请出示你的证件，好吗？

（丛颖一边递军人证，一边观看采血车的设施）

丛　颖：没想到，采血车这么齐全，空调，饮水机，高靠背椅，闭路电视，好温馨啊！只是……

（丛颖突然知道后面的话不能说，于是伸出舌头，做了一个怪相，乖乖去填表、称重去了）

（里面献血床边传来了对话）

护士A：（指指丛颖问）她也和你是一个部队的吗？

祝　聪：（用食指放在嘴巴中间）嘘……是的。

丛　颖：哎呀，护士，你发挥一点人道主义精神好不好，让我的右手做化验，左手抽血，两只手都见红了呀。

护士B：对不起了，你的左手血脉不清晰，我才换到右手的。你的血管太细了。

丛　颖：就是嘛，我就不应该来献血，如果不是……（欲言又止）

护士B：我们献血管理办法中指出，本市行政区域内的国家机关，驻地部队等应动员和组织本单位的适龄公民参加献血。你如果不愿意，可以回去向你的首长申请不参加。

丛　颖：哎呀，不行，不行的。只是请你能否把抽血的针换细一点啊，我怕痛的。

护士A：（继续和祝聪对话）你也是部队这次培养的新党员吗？

祝　聪：我还不够格，今天跑来献血，是和别人赌气来的。

护士A：哈哈……你这个人真逗，是和女朋友赌气吧？

丛　颖：不是人逗，是这个世界很逗，居然有人为赌气而献血的，我要是有这样一个男朋友就三生有幸了。让他代替我去完成献血的光荣使命，嘻嘻！

护士 B：（对丛颖说）里面的一个献血者也是你们部队的。

丛　颖：是吗？我们教导员说，今天来献血的只有我一个人啊。

里面献血的同志，请报出姓名来。

（祝聪献血完毕，扔掉摁住针头的棉签，进退两难，想找窗户跳走，被护士 A 阻挡住了）

祝　聪：（变童声说话）报告首长，我是一名新兵蛋子。姓……姓……姓丛名将。

丛　颖：怎么这样巧，我的弟弟也叫这个名字，可他不在这个部队啊。

祝　聪：报告首长，我确实叫这个名字，只是我不是你的弟弟，而是你的哥哥。（声音又变粗了）

丛　颖：哥哥？哪里蹦出来了一个哥哥？（不知不觉采血完毕，一边放下衣袖，一边迫不及待地往里面看）

祝　聪：（也往里面躲，只到没有地方可躲了）

丛　颖：（十分诧异）祝……聪……

祝　聪：到！（敬军礼）

护士 A、护士 B（哈哈大笑）

（定格）

（三年后）

场景三：[梧桐山下，镇卫生院抢救室外] 中午，阴天。

祝　聪：（持某某电视台标志的麦克风）各位观众，我现在是在梧桐山车祸事故抢救现场。清晨一辆满载着四十八名大学生的旅游车，因为下雨路窄，不慎翻到山下。学生们的伤情怎么样？抢救工作又怎么样呢？我们采访一下中心血站正在抢救现场

的护士晓琳。

护士A：（晓琳）我们接到上级通知，立即坐应急送血车到了抢救现场，四十八名大学生以及司机、导游都受了不同程度的伤，抢救医生已经到了，只是我们血站库存的血液还不能满足抢救病人的需要，现在必须启动应急预案，最大限度地挽救每个生命。

祝　聪：来，我算一个。

（护士A拍打着祝聪的臂膀，鲜红的热血涓涓流入血袋）

护士A：祝记者，你的血可以拯救又一个人的生命。你完全可以做我们献血志愿者的爱心大使。

祝　聪：哈哈，三年前，就有人说我是爱心大使了，所以我必须随时保持我的爱心形象啊！

场景四：[梧桐山下，镇卫生院抢救室外] 傍晚，阴天。

祝　聪：（忙了一天，筋疲力尽地又赶到了抢救地点，祝聪拎开一瓶矿泉水，一口气喝了一瓶，用手臂抹了抹嘴巴）现在的血液组织得怎么样了？

护士A：（刚从采血车上下来，一边摘护士帽，一边神情沮丧地说）大部分伤病人都抢救及时，脱离了生命危险，已经安全了，只是有一个RH阴性AB型的熊猫血重伤员因为没有找到合适的血液，因为流血太多，鲜活的生命就这样没有了。

祝　聪：唉……（一屁股坐在石头上，一拳头朝自己的脑袋打去）一袋血就是一条生命啊！

护士A：祝大使，不要难过，只要我们共同努力，捐献更多血液，就能挽救更多生命。

祝　聪：其实我们在献血救助他人的同时，也在为自己储备

一份生命的保障。希望有更多的稀有血型者成为志愿者，大家共同伸出双手，相互帮助和救扶，让稀有血型不稀有。

（此时一轮明月慢慢地从西方升起，照得梧桐山格外秀美）

（护士 A 和祝聪两人都抬头望着明月，像两座人体雕塑矗立在天地之间）

场景五：［某茶艺坊］茶桌，茶具，五彩灯闪烁，萨克斯独奏音乐绕厅回荡。

丛　颖：哎呀，大主持人，回到地方更加神气了。来，这是我给你的见面礼。（一套时尚主持人服装）这可是我为你精心制做的演出服，我想，这个世界上只有你配得上这套服装。

祝　聪：我尊敬的大首长，你今天怎么对我这么好啊！我可是受宠若惊，你可不要吓我啊，我的心脏可是有毛病的。（顽皮地做了一个怪脸，随手用牙签挑了几块水果丢进了嘴里）

丛　颖：哎呀，来！干杯，为了我们的重逢。（端起装有白兰地的酒杯）

祝　聪：NO！NO！你知道我是不会喝酒的。（用右手食指来回摇了摇）

丛　颖：哎呀，今天你是喝也得喝，不会喝也得喝。（从茶桌对面起身，到祝聪身边站着）

祝　聪：你……你……不要逼良为娼啊。我可是大大的良民啊！哈哈……

丛　颖：今天我要定了你这个良民。哎呀，你不是良民，我还不要呢！（把酒杯端到了祝聪的嘴边）喝，还是不喝？你这个小兵蛋子！（模仿祝聪曾经献血时候的腔调）

祝　聪：首长，我可是一个吃软不吃硬的人，当年献血你可

是领教过的了啊！（用身子推丛颖）

丛　颖：（声音马上变柔和）哎呀，你不喝，我不走！你再不喝，就嫌我丑……

祝　聪：好好好，你啊，真缠人。（拿起酒杯轻轻地抿了一口）

丛　颖：缠死你。（转身回到自己的座位，又从包里面拿出两个卡）这个是我的名片，我的公司很需要你这样的人才，想你离开电视台是不可能的，你们台长不放你，只要你兼职就可以了。

这是银行卡，是你的名字，只要更换密码就可以了。台长那里我已经打发好了，你放心。

祝　聪：（很错愕）你……你……你今天哪是谈战地友情啊，明明是设"鸿门宴"啊。

丛　颖：嘻嘻……哎呀，看你说得多么难听啊，我们是名副其实的相互"占有"啊！

（特写镜头：某文化艺术总监　丛颖）名片

场景六：　［采血屋，采血车］数个《无偿献血证》，横幅标语。

冬天：祝聪在采血屋献血，领到一本《无偿献血证》，参加"无偿献血，拒绝艾滋"志愿者宣传活动。（横幅照片）

秋天：祝聪在采血车上献血，又领到一本《无偿献血证》，参加无偿献血全国敬老爱老志愿者服务活动启动仪式。（横幅，照片）

夏天：祝聪在采血屋献血。（实景拍摄）

参加"庆七一，我献血"志愿者公益活动。（横幅，照片）

春天：祝聪在采血车献血。（实景拍摄）

参加"爱心与绿树常青"无偿献血者"爱心林"揭碑活动。（横幅，照片）

（镜头：多个献血光荣的红本子一个一个地叠加，血袋和成分血一袋一袋地叠加……）

祝　聪：到目前为止，我已献血多次，一本本《无偿献血证》仿佛是我一份份健康合格证，我从一个被动的献血参与者变成主动的响应者、积极的促进者，我自豪，我骄傲，我快乐。

每每想到，别人的身上流淌着我的鲜血，我的心里就会充满遐想：他是一个怎么样的人？他的性格是不是和我一样？他是善良的，还是自私的？假如他是一个自私的人，他会不会因为我的付出有所改变，假如他是一个善良的人，他就应该得到这份回报！

一个人，多一点爱心，就会少一点私心；多一份快乐，就会少一份郁闷。我愿将"爱心大使"的称呼进行到底！

场景七：［某演出礼堂］摇滚的音乐，豪华的灯光背景。

祝　聪：（穿着丛颖送的绚丽的服装，手持嵌着某文化艺术中心标识的麦克风）

各位观众，各位电视机前的朋友：时光在歌曲中流淌，欢笑在舞蹈中荡漾。演出的时间虽短，但是我们文化艺术中心给大家带去愉快的宗旨却永远不变。让我和你的友谊天久地长。再见！

（礼堂响起了经久不息的掌声）

丛　颖：（激动得跑上去拥抱着祝聪）哎呀……感谢你！聪聪！等会儿，我陪你一起去医院看你的老婆。

场景八：［中心血站门前］清晨，太阳初起，一辆去小山村

做无偿献血宣传的面包车，几个人在往车上搬运着音响和宣传资料，一辆红色保时捷小轿车旁边两个人争吵着……

丛　颖：哎呀，你可真有主意啊，如果我不是及时赶来，你就准备去山砦了，是吗？

祝　聪：去山砦做宣传我们早在上个月就安排好了的，我是爱心大使，去那里，我责无旁贷。

丛　颖：那我们这次的商业演出呢？人家老板点名请你去主持，你这不去，我们的合同不是要泡汤吗？你的出场费也比平时高三倍，你知道吗？

祝　聪：高十倍我也去不了，对不起了，首长！

丛　颖：哎呀，不要叫我首长了，我可以领导你吗？你这样叫让我惭愧死了，叫什么叫。

祝　聪：对不起了，丛总，我要走了，山砦的老乡都等着我们呢。

丛　颖：哎呀，你走，你走一步，就把我给你的卡还给我。

祝　聪：(从口袋里拿卡) 呵呵……我要走十步去上车。

丛　颖：哎呀，你再走，你老婆的住院费用欠款单马上就会去催你要！

祝　聪：丛总，我告诉你，不要把事情做绝了。你会后悔的。(毅然上了去山砦的车)

(面包车从保时捷的小车旁边绕过，丛颖看见祝聪坚毅的脸庞远远地离开了她的视线，双肩一耸，露出了很不理解的表情)

场景九：[泥泞的山上] 面包车停下了，几个人从车上搬运的东西肩扛手提地向山砦深处走去。

群众甲：祝主持，辛苦了！(一边接过祝聪肩膀上的宣传册)

祝 聪：不辛苦。（转身走向面包车，又扛了一捆宣传册缓慢地走来）

群众乙：听说祝主持要来我们山砦做宣传，村民们就像过年一样高兴，早就在小学操场等着呢。为了见到祝主持，我家二妞把准备结婚的衣服都穿好了，祝主持就是我们山砦的大明星啊！

群众丙：我家小妹如果知道祝主持也是一个能扛、能走山路的大明星，一定不会相信这是真实的。

（哈哈……山路上笑声不断）

场景十：［农村某小学操场］主席台正方一条横幅标语十分抢眼：无偿献血，人人有责。

祝 聪：乡亲们，谁不吃五谷杂粮，谁没有三病两疼，我们无偿献血就是挽救别人的生命，也是给自己储蓄生命，延长寿命。无偿献血的好处多得很，下面我们请你们的老乡——李三跟你们说。

群众甲：李三，这不是我家三叔吗？听说他已经病入膏肓了啊！他不是得了白血病在武汉协和医院抢救吗？

群众乙：什么叫奇迹？这就叫奇迹！

群众丙：别啰唆，听李三说。

（李三被 A 护士搀扶着走上台来，有人送来了一把靠背椅，让他坐下）

（李三推开了搀扶的人，把靠背椅挪到了后面）

李 三：我是两个月前突然发现得了白血病去武汉大医院治疗的，在刚开始化疗期间，需要输血治疗，但是武汉血库正值血源告急，在没有办法的情况下，我向孝感中心血站求助。

群众甲：武汉大城市都没有血，么样就找孝感啊？

群众乙：冒得血看几难啊？

李　三：幸亏我在几年前，先后在孝感献血三次，达到了1000毫升以上，这样，我就可享受不限量的临床用血。就这样孝感市中心血站就和省里衔接，从孝感给我送去了血液，缓解了我的病情，给予了我生命的希望，今天我又回家了。乡亲们，献血是既帮助别人，也是帮助自己啊！

祝　聪：不仅如此，今天我们还从市中心血站给李三同志带来了按照政策规定报销的一万多元血费。这是我市迄今为止最高的一笔血费报销啊。请问，李先生，这次住院治疗，你有什么人生感悟吗？

李　三：有，有啊！我认为，生活中盐荒、油荒都不可怕，最可怕的是"血荒"。没有了献血的人，很多病人就只有看着死去，人活着，吃一根麻花都是幸福的！

（人们中发出了啧啧声，同时爆发出了掌声一片）

群众丙：祝主持，道理我们都懂了，我的小妹想去报名献血，就是有一个小小的要求，你可以满足她吗？

祝　聪：大要求，我怕做不到，小小的要求，我一定满足。

（台下传来女人的声音：我想和你一起照相留影）

群众合：我们都想和你一起照相合影。（这可是一群女人的声音）

祝　聪：好的，全部满足。只是我也有一个小小的要求啊。

（欢声雀跃的女人们顿时鸦雀无声）

祝　聪：先登记，后检验，合适以后再献血。我在台上站着等你们一个个地拍。

（此时从后台响起了《爱的奉献》的歌曲，大家的眼光向后台望去）

"这是心的呼唤，这是爱的奉献……"

（丛颖手持麦克风唱着走到了台前）

祝　聪：（先是一愣，然后恍然大悟，上前握手）为了支持我们这次爱心宣传活动，某文化艺术总监，我的战友——丛颖放弃了一次极好的商业演出，为我们山砦的无偿献血义务演出来了。大家欢迎！

首先我们一起演唱《爱的奉献》，一起来……

（祝聪，丛颖，李三，唱歌的镜头——特写）

（群众甲，乙，丙高唱的镜头特写）

（一女青年和祝聪合影）

（一群女青年和祝聪合影）

"只要人人都献出一点爱，

世界就会变成美好的人间……"

（歌声由近及远飘去，镜头里出现了采血车里面献血的乡亲们，还有白云，蓝天，和平鸽……）

跋

　　《明圃园》是作者涂明甫的新书名，是一本集文艺评论和文艺创作于一体的综合文集。

　　明甫先生是一个复合型的人才。学的中文专业，却干了四十多年的经济工作，尤其是哲学学得扎实，遇事常以哲学观点分析、解决问题；写作理性，融文学的激情、经济的精准于一体，总给予读者启迪和教育。

　　正如李先志先生所说，明甫先生是一个多才多艺的人。同时他的作品也是多种多样的。

　　明甫先生的文艺评论既有小说、散文，还有诗歌、电影剧本；既有通篇概述，也有从细节、个性上展开评论的作品；他作品的体裁多样，他既能写小说、散文，还能够写曲艺作品。小品、栏目剧、电影剧本都有所涉猎，且颇有建树。明甫先生的诗歌如《她来了》《红舞鞋，我的挚亲爱人》，等等，看过的人都给予了很高的评价。

　　文艺创作上的体裁多种多样与生活过程中的多才多艺应该是相互融通的。

明甫先生对孝文化深有研究，多次参加孝感市兴建"孝文化名城"研讨会，对"孝文化名城"建设提出过颇有建树的思路和建议。

明甫先生为人低调、谦虚。尤其在文艺圈里总是为了别人的作品奔走相告，不遗余力。

今天，能够看见明甫先生把自己的作品展示给大家分享，能够为《明圃园》作跋我感到十分高兴。

同时感谢为《明圃园》给予帮助的李先志先生，张可杰、周志超先生，湖北工程学院的郑茜，作家吴静以及明甫先生的学生晓欣、洋丽、星火等人。

此书如有不尽如人意之处，敬请谅解。

肖端武

2018 年 5 月 8 日

明圃园